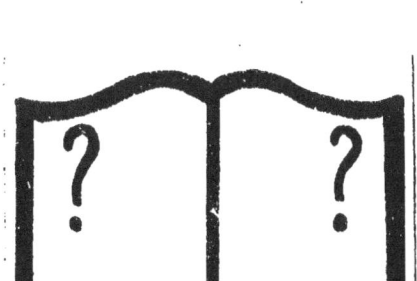

Absence de pagination
ou de foliotation

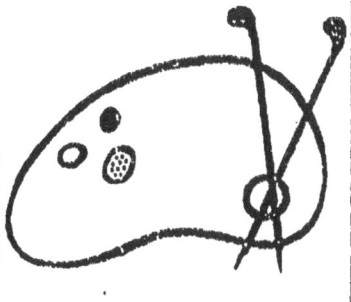

Couvertures supérieure et inférieure
en couleur

VALABLE POUR TOUT OU PARTIE
DU DOCUMENT REPRODUIT.

L. LASTEYRAS

MES
GRELOTS

PRIX : 3 fr. 50

Louis LASTEYRAS

MES
GRELOTS

AVEC
UNE LETTRE
DE
M. Alphonse DAUDET

VICHY
IMPRIMERIE C. BOUGAREL
1892

Mes Grelots

IL A ÉTÉ TIRÉ DE CET OUVRAGE :

12 Exemplaires sur Japon, numérotés à la presse.

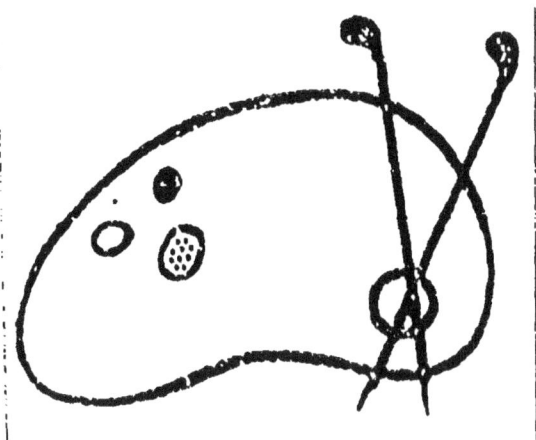

Typographie de couleur

LOUIS LASTEYRAS

Mes Grelots

AVEC

UNE LETTRE

DE

M. ALPHONSE DAUDET

VICHY

IMPRIMERIE C. BOUGAREL

Rue Sornin

1892

A

Alphonse DAUDET

JE DÉDIE CE LIVRE EN TÉMOIGNAGE DE MON RESPECT POUR
SA PERSONNE ET DE MON ADMIRATION POUR SON TALENT.

Louis LASTEYRAS.

A M. Louis Lasteyras.

Mon cher Confrère,

Je regrette qu'un surcroît de travaux et ma santé précaire ne me permettent pas de vous envoyer une page d'en tête pour vos « Grelots ».

Les vers très affectueux, spirituels aussi, que vous promenez à travers mon œuvre, vous donnaient droit à ce petit service de ma part ; mais je le répète, la chose est impossible en ce moment.

Toutefois, si vous pensez que mon nom en tête de votre œuvre, puisse lui porter bonheur, je vous le cède très volontiers, et vous remercie de l'hommage que vous voulez bien me faire.

Alph. DAUDET.

MES GRELOTS

En mai, quand la brise lutine
Dans les forêts les blancs grelots
Des muguets et de l'aubépine,
Dans les prés, les coquelicots,

Le long du sentier l'églantine
Abritant les nids des pierrots,
Et la reine des prés, mutine,
Qui se balance sur les flots,

Elle emporte dans sa caresse
Tous les parfums qu'avec ivresse
Elle a cueillis parmi les fleurs ;

Et de ces trésors de jeunesse
Pris au Printemps en allégresse
Elle réchauffe les vieux cœurs.

Plus tard, c'est la bise d'automne
Hurlant dans les bois dépouillés
Sa chanson triste et monotone
Sur les grands chênes tout rouillés ;

Rien !... pas un muguet ne boutonne...
Leurs grelots blancs, las ! sont souillés,
Et la neige, seule, festonne
De son argent les nids mouillés !

Toute la nature est bien morte,
La bise maintenant n'apporte,
Que son souffle morne et glacé,

Qui vient sangloter sous ma porte
Et dans un rêve me reporte
Aux jours plus heureux du passé !

. . . .

Ainsi sonnèrent « mes Grelots »
Secoués par la Fantaisie,
Lugubres, railleurs ou fâlots,
Printemps, hivers de poésie.

Insolents comme des Pierrots,
Mais toujours sans hypocrisie,
Ils ont châtié quelques sots
Qui voulaient y voir leur Sosie.

Certes, ceux-là vont se fâcher ;
Je les entends tous pleurnicher,
— Et franchement, cela me touche —

Mais plus ils voudront rabâcher,
Moins je pourrai les empêcher
D'avoir « Mes Grelots » dans la bouche.

A TRAVERS « L'ŒUVRE »

A mon cher et honoré Maître ALPHONSE DAUDET.

L'autre jour, j'étais triste et malade, mon Maître,
Mes quarante ans sonnés me pesaient lourdement :
Et navré, je voyais au lointain disparaître
Mes rêves effeuillés ou salis bêtement.

Je regardais passer dans une apothéose
Les joyeux souvenirs et les désespoirs fous,
Qui n'ont pas plus duré que ne vit une rose
Dont ils ont le parfum mélancolique et doux.

Alors, en parcourant mes romans de jeunesse
Tout marqués de signets, fleurs, rubans, blonds cheveux,
J'éprouvai cette immense et profonde tristesse,
Que seuls nous connaissons, nous qui sommes des « vieux »

Et prenant dans mes bras toutes ces choses mortes,
Souvenirs frais et purs, sentiments vrais ou faux,
J'ai râlé comme Jean, devant toutes les portes
En montant l'escalier, quand il portait Sapho.

Gaussin avait sur moi ce suprême avantage
De pouvoir respirer tout en haut du palier ;
Tandis que je m'essouffle à mon dernier étage
En entendant, sous moi, s'effondrer l'escalier.

Et j'arrive tout seul au sommet de la côte;
En voyant le fond noir entr'ouvert sous mes pas,
J'ai désespérément sangloté sur ma faute
De n'avoir pas compris le bonheur d'être en bas !

. . . .

Oh ! viens ! reviens Sapho ! sois infâme ou traîtresse,
Va chercher à Mazas le faussaire Flamant,
Couche avec Caoudal, de Lesbos sois prêtresse,
Fais Tatave cocu, de Rosa sois l'amant ;

Lève La Gournerie, Ezano, Déchelette !.....
Enfin, si tu le veux, couche avec Hettéma !.....
Va poser, s'il te faut encor de la galette,
Va poser pour le nu chez Madame Abbéma.....

Mais viens ! reviens Sapho ! viens au pavé des Gardes
A Chaville, là-bas, où nous nous aimions tant,
Quand le soleil couchant embrasait nos mansardes,
Et lorsque nos voisins arrosaient en chantant !

Oh ! tiens ! je crois sentir l'odeur des balsamines
Et des grands pois gourmands courbés sous l'arrosoir,
Des liserons pâmés, des hautes capucines,
Qui piquaient d'un éclair notre jardin tout noir !...

Et l'hiver, ma Fanny !... quand coulent sur la vitre
La neige et le verglas !... assis au coin du feu,
Sur la saucisse aux choux, je vide encore un litre,
Mes gros sabots aux pieds, avant d'aller au pieu !

Oh ! viens ! reviens Sapho !..... je t'ai gardé la place
Où tu voulais toujours m'embrasser..... sur le cou ;
Et si tu cherches bien, tu trouveras la trace
De ton dernier baiser, posé..... tu sais bien où !.....

As-tu donc pu penser que j'aimais cette Irène !.....
Mon cœur pour un instant s'est peut-être endormi,
Mais comme tu sais bien qu'un mot de toi le mène
Quand tu me dis tout bas : « Viens nous coucher.... m'ami ! »

Viens ! nous irons encor dîner avec Sombreuse,
Et tu nous chanteras quelque beau concerto :
Pour entendre ta voix si chaude et si charmeuse
Je donnerai du sucre à Monsieur Bichito !

J'élèverai Josâph !..... j'achèterai des « mèches »
Pour le fouet de ton père épris du « canasson »
Et nous nous fâcherons si jamais tu l'empêches
De me dire : « Foute-nous la paix, mon garçon ! »

. . . .

Et je rêvais ainsi sur le port de Marseille
En attendant Sapho ; sous le ciel du Midi,
Grisé par le soleil du pays de Mireille
J'avais chipé le cœur de Gaussin d'Armandy !

Quand tout à coup parut, en pleine Canebière,
Terrible et rigolo, votre immortel gascon,
Revolver au côté, fusil en bandoulière :
L'illustre Tartarin, héros de Tarascon.

1.

Et je quittai Sapho, la maison de Chaville,
Pour aller dans les champs fleuris de Mustapha,
Attendre le lion dans ce gai vaudeville
Qu'écrivit votre esprit au pays de l'Alpha.

Je lâchai Bézuquet, Bravida, Costecalde ;
Je crois même, ma foi ! que je promis « des peaux ! »
Pour chanter le Midi, moi qui suis presqu'un scalde,
Je me coiffai du fez et vendis mes chapeaux.

Ah ! que j'aimai Baïa, dans le vieux quartier maure,
Jusqu'au jour où je fus trompé par Barbassou,
Et par le Muezzin qui me fit Minotaure,
— Laissons Montenegro, qui prit mon dernier sou ! —

Ah ! si vous m'aviez vu, formidable et farouche
En route pour Blidah, dédaigneux, solennel,
Vous auriez admiré ma fameuse escarmouche
Avec cet innocent de Monsieur Bombonnel !

Et le soir !..... seul, ému, dans la nuit diaphane,
Le doigt sur la détente, attendant le lion,
Vous auriez vu comment j'assassinais un âne
Dont la peau revenait au bêlant Pascalon.

Puis ce fut le retour : l'ovation superbe ;
Tout le pays debout !..... de la ville au hameau,
Jusques à Costecalde, alors bien moins acerbe,
Qui célébrait ma gloire et vantait mon chameau.

Enfin je m'endormis, en présidant, au Cercle,
Alors qu'Excourbaniès, hurlait son « fen dé brut ! »

Et que le Commandant enlevait le couvercle
D'un bocal de fruits d'or, qui bientôt disparut.

. . . .

« Outre !..... qu'il fait donc froid que vous me feriez dire »
Grelottai-je en passant sous un épicéa :
Cela, c'est mon Sancho qui se plaint et soupire
Et blâme fortement, Monsieur le P. C. A.

Mais Tartarin-Quichotte a tiré sa rapière ;
Il toise le Rigi ; puis part d'un pied léger,
Pendant que le Sancho trottine par derrière
En bougonnant tout bas : « Où diable aller manger ? »

Il ne se dérida qu'en voyant sur la table,
— Alors qu'il effleurait le genou de Sonia —
De l'hôtel du Rigi, le menu délectable,
Et dessous, les jupons titillant son tibia.

Je redevins Quichotte en serrant dans la valse
Madame Schwanthaler, pendant qu'Astier-Réhu
Ronchonnant dans un coin, outré de cette farce
Anathématisait mon triomphal chahut.

. . . .

Oh ! petite Sonia !... Je crois sentir encore
Dans mes doigts frémissants ton pied frêle et mignon,
Tandis qu'à l'horizon, Bompard blaguait l'aurore
Dont les rayons étaient moins blonds que ton chignon !

Oh ! doux rêve du Nord ! Yeux bleus et lèvres rouges,
Coquelicots, bleuets, sous des cheveux dorés !

Faut-il que vous alliez vous flétrir dans les bouges,
Vous qui n'êtes créés que pour être adorés !

Oh ! petite Sonia !... faut-il que la potence
Te voie un jour pendue à son bras infamant,
Et que ton corps de vierge à son cou se balance
Sans même avoir connu les baisers d'un amant !

Reste avec Tartarin !... Viens t'en vivre en Provence
Au pays du Soleil !... Il t'adore !... et lui, qu'on
Admire tant là-bas, où coule la Durance,
Il met à tes genoux, le roi de Tarascon !

. . . .

Mais Pascalon venait, en portant la bannière,
Suivi d'Excourbaniès et du bon Bravida,
Au nom du Club Alpin, me tirer de l'ornière
Et me faire enfourcher pour jamais mon dada.

« Ah ! vaï la Jungfrau !... zou !...» J'épate mes deux guides,
Pendus dans la crevasse, en tremblant pour leurs peaux,
Et gagne ce sommet terreur des intrépides,
Aux applaudissements des « Riz et des Pruneaux ».

« Quès à co ?... Boudiou !... pigés par les gendarmes !... »
Nous voici ficelés avec notre étendard,
Et malgré nos raisons et nos cris et nos larmes,
Je vais passer la nuit à l'hôtel Bonnivard !

C'est le dernier adieu de ma petite Russe ;
Et ma corde de fer tressée *en Avignon*,

Est là pour m'accuser, en me montrant l'astuce
Du moujick Manilof et de son compagnon.

Mais nous sommes lâchés et nous trouvons Gonzague
Qui me monte le coup en causant sur un banc ;
Oui ! Bompard l'imposteur, vé ! qui me fit la blague,
De me persuader de grimper au Mont Blanc !...

Et le surlendemain de cette *galéjade,*
Nous étions étendus tous deux sous le sérac...
Je gageai que jamais notre ami Pégoulade
A bord de la *Méduse,* éprouvât un tel trac !...

« Ah ! coquin de bon sort !... la bourrasque s'apaise !...
« Allons, Gonzague ! allons, doucement de tomber ! »
Le serment échangé nous mettait à notre aise ;
Nous sauver tous les deux, ou tous deux succomber !...

Et Bompard disparaît masqué par une arête;
Je glisse !... il glisse aussi !... la corde se raidit...
« Outre ! Boufre !...» deux cris... puis, plus rien sur la crête...
Un assassin de plus... un crime... et tout est dit !...

. . . .

Quand je me réveillai, bondissant sur la neige
Je me trouvai debout près de mon baobab ;
Et puis, je ne sais plus quel est le sortilège,
Qui me fit rencontrer Bompain chez le Nabab.

Avec lui je courus les salons à la mode,
Je connus Mompavon, j'aimai Félicia ;

N'avais-je pas trouvé la meilleure méthode
Pour oublier Sapho, la Mauresque et Sonia ?

Pourtant je t'adorai, petite Delobelle,
Lorsque naissaient les fleurs sous tes doigts en fuseau :
Et j'ai pleuré sur toi, fugitive hirondelle,
Quand tu mourus d'amour, pauvre petit oiseau !

Mais ce ne fut pas tout ; ah ! que j'aimai Camille,
Dans le salon bourgeois où j'allais tous les soirs
Rêver au coin du feu près de la belle fille,
Pour recevoir au cœur l'éclair de *ses yeux noirs !*

Puis encor je pâlis avec le grand poète,
En mangeant au cinquième un plat d'*estoufato*,
A la voix d'Assunta mugissant d'un air bête :
« Eh ! l'artiste ! dis donc : la lampo qui filo !... »

J'ai pleuré, j'ai souffert avec le Petit Chose,
Couché dans le taudis de Saint-Germain-des-Prés,
Alors que Coucou blanc chantait d'un ton morose,
En rotant l'alcool, ses refrains préférés.

J'ai haï de tout cœur le poète imbécile
Avec lequel Maman courait le guilledou ;
Et pauvre petit Jack, à la règle indocile
J'ai ciré les parquets pour le nègre Madou !

. . . .

Et ma pensée errait dans votre œuvre superbe,
En se rajeunissant à la source du beau :

Sous votre arbre géant, abritant mon brin d'herbe,
Vous aviez fait pousser des fleurs sur un tombeau.

. . . .

Vous ne serez jamais, dit-on, l'un des « Quarante » :
A leur petit esprit vous donneriez l'éveil ;
Et les chauves-souris ont toujours l'épouvante
De l'aube étincelante aux rayons du soleil.

Votre Œuvre ne doit pas s'avilir sous un dôme,
Qui ne couvrit jamais qu'un peu de vanité ;
Ce n'est pas l'Institut qui signe le diplôme
Qui vous sacre Immortel : c'est la Postérité !

MULTA PAUCIS

A mon ami le Docteur J. Cornillon.

Poète ou médecin, nous fouillons tous les deux,
L'un avec le scalpel et l'autre avec la plume
Dans le cœur des humains ; et non sans amertume,
Dans d'ignobles abcès, dégoûtants, cancéreux,

Nous tranchons largement ; et d'un coup vigoureux,
Sans nous préoccuper si le malade écume,
Se tord et nous maudit, nous avons la coutume
D'arracher sans pitié le germe infectieux.

Mais vous mon cher Docteur, en sauvant vos malades,
Vous tirez de votre œuvre un consolant succès,
Et trouvez des amis en calmant des accès.

Tandis que mon scalpel, par ses estafilades,
M'a fait des ennemis de très vieux camarades
Et c'est, sans rien guérir, qu'il creva tant d'abcès !

MERCI !

A M. Pépin
l'artiste qui a bien voulu illustrer doublement
la couverture de mon livre.

Je ne sais pas si « Mes Grelots »
Auront du succès près des dames ;
Pourtant, ce sont des bibelots
Qui ne déplaisent pas aux femmes.

Certes, ils sont un peu vieillots ;
Ils ne peuvent tinter des gammes
Brillantes, les pauvres pâlots,
Tout au plus bons aux épigrammes !

Combien donc je vous dis : « Merci ! »
Pour m'avoir ôté le souci
De soigner leur désinvolture,

En les traçant... en raccourci,
Car mes lecteurs diront ceci :
« Qu'ils sont beaux !... sur la couverture !... »

A M. SOMM,

Le brillant dessinateur du type « *Et du pain ?* »

Ah ! nom de Dieu ! c' qu'il est mouché,
Vot' type en train d'attendre un pantre,
Avec sa gueule à l'œil poché
Et son gourdin le long du ventre !

Il est rien chouett' vot' déhanché,
Et comme on comprend qu'il éventre
Le michet qui s'est débauché
Et qui trop tard, dans sa turn' rentre !

Après?... y turbin' pour du pain,
Pour d'la galette y colle un paing
Au premier bourgeois qui s'aboule.

I surine pac' qu'il a faim.
Faut bien qu'i bouff' ce vieux copain ;
Quand on n'a rien mangé : ça soûle !

ECCE HOMO !

Dans un coin retiré du Bourbonnais antique
Se dressait un noyer, roi de la région,
Qu'on avait vu grandir, colossal, magnifique,
De génération en génération !...

Un sale *Margoulin*, usurier catholique,
Vint pour le faire abattre ; et sans émotion.
L'envoya débiter par sa scie hydraulique,
En crosses de fusil pour l'exportation.

Si bien que, lorsqu'un jour, sur la terre gauloise,
Le peuple aux lourds fessiers viendra nous chercher noise,
Le géant qui, jadis, sous ses bras triomphants,

Abritait, des aïeux, le loisir et la peine,
Devenu pour jamais un instrument de haine,
Devra cracher la mort sur leurs petits enfants !...

VOX POPULI, VOX DEI

Dans son cerveau plein de science
Qu'il ballade dans l'*Aquarium*,
Il songeait avec sapience
A produire un docte factum.

Et, chimiste d'expérience,
Il pondit un vade-mecum,
Dans lequel son omniscience
Accoucha de ce post-scriptum :

« J'ai trouvé dans la Grande-Grille
« Un bacille en forme d'aiguille
« Que je baptise, mordicus,

« Pour faire honneur à ma famille
« Qui. d'hommes illustres fourmille :
« *Le Pediculus latinus*. »

LE VIOLONCELLE

A M. Chizalet,
Violoncelliste solo du Casino de Vichy.

Il chante, il pleure, il prie!... il meurt dans un soupir.
Sous sa caresse ardente, il embrase les âmes ;
Puis, il éveille au loin un tendre souvenir
Qui donne le frisson, et fait passer des flammes

Dans les yeux noirs ou bleus que l'on voit défaillir
Sous ses baisers lascifs, chastes ou bien infâmes,
Car on ne sait vraiment, en les voyant frémir
Par quel chatouillement il fait pâlir les femmes.

Au fond, ce n'est pourtant qu'un vieux coffre de bois
— Qu'un artiste luthier construisit autrefois —
Et sur le dos duquel on frotte avec principes,

En lui grattant la queue à grand renfort de doigts,
Quelques crins de cheval qu'on râcle plusieurs fois
Sur des cordes en fer et des lambeaux de tripes.

LA BINITÉ

(Chanson)

Nous offrons comme modèle
Un couple de deux amis,
Que jamais une querelle
N'a montrés mal assortis.
Tous deux sont de force égale
Unis par plus d'un lien :
C'est Floridor qui s'emballe,
Et Potain qui le retient.

Tous les deux, quoi qu'on en dise,
Marchent la main dans la main ;
L'un dit-il quelque bêtise,
L'autre lui répond : Amen !
Et leur entente est si grande,
Que le jeu n'y change rien :
Jamais Potain n'en demande
Lorsque Floridor s'y tient !

Floridor en bicyclette
A l'air d'un clown empaillé,
Potain monté sur roulette
Est un vrai singe habillé.
L'un pour l'autre on peut les prendre,
Pour leur mal ou pour leur bien :
C'est Potain qu'on croit surprendre,
Et c'est Floridor qu'on tient !

Tous deux savent se suffire,
Ailleurs tout comme au journal ;
Leur procédé pour écrire
Est vraiment, original.
S'ils préparent un volume,
Chacun d'eux y met du sien :
Floridor taille la plume,
Et c'est Potain qui la tient !

Ces écrivains d'humeur tendre,
Sont très souvent amoureux,
Et quand ce mal vient les prendre,
Au lieu d'un écu, c'est deux.
Lorsqu'ils vont chez une belle,
Comme ils n'y voient pas très bien :
Potain mouche la chandelle,
Et Floridor la lui tient !

ET L'CASINO MUNICIPAL?

Hier, en réunion publique
Le grand citoyen Papelard
Nous exposait sa politique :
On s'en fichait ; même un pochard
De temps en temps, pris d'une crise,
Faisait un boucan infernal :
— Va donc ! gros plein de marchandise !...
    Et l'Casino municipal ?...

« Messieurs ! mes désirs sont les vôtres,
« Et mon parti bien arrêté ;
« Je suis pour tous les bons apôtres.
« Pour les Rois, pour la Liberté !
« J'aime quiconque pour moi vote,
« Qu'il soit païen ou clérical...
— Eh ! va donc ! marchand de cam'lote !...
    Et l'Casino municipal ?...

« Depuis longtemps, pour la fortune
« De ma ville et de mon pays,
« J'ai fait, la chose est peu commune,
« Des sacrifices inouïs !
« Donnez-moi la sous-ventrière
« Qui fait mon unique idéal !...
— Va donc vieux lapin de gouttière !...
    Et l'Casino municipal ?...

« Je vous en donne ma parole,
« Si vous me faites cet honneur,
« Je prendrai Punais et Marolle,
« Ce sont les adjoints de mon cœur !
« Nous triplerons nos bénéfices.
« Par ce succès électoral !...
— Va donc ! gros tombeur de nourrices !...
  Et l'Casino municipal ?...

« Jamais vous ne serez en peine,
« Sous mon administration ;
« Si l'eau manquait à la fontaine,
« Vous auriez la permission
« D'aller en prendre à la rivière
« Sans crainte de procès-verbal !...
— Va donc ! couronneur de rosière !...
  Et l'Casino municipal ?...

« Si vous voulez de la lumière,
« Punais, que vous connaissez bien,
« Se chargera de vous en faire
« A très bas prix... presque pour rien !...
« Il écoulera sa ferraille ;
« Le reste... il s'en fiche pas mal !...
— Eh ! va donc ! paquet de tripaille !...
  Et l'Casino municipal ?...

« De mes amis, tous les mémoires,
« Seront réglés si sagement,
« Que nous n'aurons jamais d'histoires,
« Ni procès, ni désagrément !

« Pourquoi ne pas prendre ses aises,
« Dans un gros budget communal ?...
— Eh ! va donc ! paillasse à punaises !...
    Et l'Casino municipal ?...

« Nous travaillerons pour la Ville
« Dans les grandes occasions,
« Et nous ferons besogne utile
« Pour enfler les additions !
« Nous doublerons... comme de juste !
« Prendre plus serait immoral !...
— Vas-tu fermer ta boîte, Auguste !
    Et l'Casino municipal ?

« Sans inspirer trop de surprise,
« Je lâcherai del Bartino,
« Que j'ai coulé par roublardise
« Pour le remplacer illico.
« Il faut à ce Conseil trop terne,
« Infuser du sang virginal !...
— As-tu fini ! vieille baderne !...
    Et l'Casino municipal ?...

« Je saurai, par mon influence,
« Imposer silence aux Préfets,
« Abolir toute redevance,
« Tous les impôts, tous les procès !
« Oui, ce sera, si l'on me garde,
« L'Age d'Or !... un vrai carnaval !...
— Ah ! zut alors... c'qu'i m'emmoutarde !.,.
    Et l'Casino municipal ?...

COSMIDOR AU LUXEMBOURG

Air connu

Non mes amis, non, je ne veux rien être,
Je vous sais gré de vos intentions :
Mais le laquais n'est pas l'égal du maître,
Ce qui m'exclut de vos distractions !
Je serais fier d'applaudir aux fadaises
Des gargotiers qui soldent mes « *Echos* ».
Mais malgré tout, je n'aurais pas mes aises,
Mon Institut, ce sont les caboulots !   (*bis*)

Je ne tiens pas à subir les répliques
De Queue-de-Paille et de Tronchedevo ;
Je baîllerais aux discours politiques
De Citrouillard ou de Coupetrèsgro !
Puisqu'il me faut vous lécher le derrière,
Dispensez-moi d'admirer vos museaux :
Laissez-moi donc à mon gré me distraire,
Mon Institut, ce sont les caboulots !   (*bis*)

Je crains aussi le sans-gêne, peut-être,
Qui vous ferait me crier sans façon :
— « Eh ! Cosmidor ! ferme donc la fenêtre ! »
Ou : — « Dis donc, P'tit ! appelle le garçon ! »

J'entends Catol dire d'un air aimable :
« Mon cher ami ! donnez-nous nos chapeaux ! »
Tout ça, Messieurs, n'est pas très agréable,
Mon Institut, ce sont les caboulots !   (*bis*)

Car là, du moins, je puis trôner en maître,
J'ai, de Bombé, l'agréable entretien ;
La bière est fraîche, et je puis me permettre
De lui moucher son chic et son maintien.
J'y joue avec des enfants sans malice...
Et les brelans de pleuvoir sur leurs dos !...
Cela me donne un petit bénéfice,
Mon Institut, ce sont les caboulots !   (*bis*)

Laissez-moi donc dans ma sphère tranquille,
J'y coule en paix — quand le hasard le veut —
Une existence assez douce et facile :
Chacun fait bien, quand il fait ce qu'il peut !
Si, cependant, vous tenez à me plaire,
Pour me forcer à prendre du repos,
Augmentez-moi, doublez-moi mon salaire,
Mais laissez-moi garder mes caboulots !   (*bis*)

PLUS BAS !...

(Chanson)

Floridor est dans ses colères,
Potain exhale ses fureurs
Ils prétendent, ces deux confrères,
Que je les traite de farceurs !
Ils posent pour les journalistes,
Mais moi, qui connais bien leur cas :
Je les mets au rang des banquistes,
Ce qui les place un peu plus bas.   *bis)*

Dans le cirque extraordinaire
Où Floridor est engagé
Pour servir de clown à tout faire,
Il faut être sans préjugé.
Car s'il reçoit, selon l'usage,
Maints coups de botte ou d'échalas,
Ce n'est pas toujours au visage
Mais quelquefois un peu plus bas !   *(bis)*

Par un beau soir, au Café Riche,
Floridor, suivi de Potain,
Vint pour s'asseoir d'un air godiche
A la table d'un sacristain ;
Lui, peu fier de la préférence,
Lui dit : « Mon cher ami, non pas !
« Nous sommes au complet, je pense,
« Allez donc voir un peu plus bas ! »   *(bis)*

1...

Chez cet ami de l'Encyclique,
Grand paillard et vieux gargotier,
Où Potain sert de domestique,
Il fait plus d'un vilain métier.
Si, pour lui brosser ses culottes,
Il doit courber l'échine, hélas !
Il lui faut, pour lécher ses bottes   (*bis*)
S'incliner encor bien plus bas !

Potain, sur son vélocipède,
S'efforçait de se maintenir.....
Floridor courut à son aide,
Mais trop tard pour le secourir.
Une pierre en chemin l'arrête,
Du coup, il tombe... patatras !
La fente qu'il eût à la tête   (*bis*)
Paraissait être un peu plus bas !

Floridor, en servant la messe
D'un ratichon que je connais,
Commit certaine maladresse
Qui le coula pour tout jamais !
Comme il avait fait grande chère
De soissons et de cervelas :
Il dit bien : Amen ! au bon père,   (*bis*)
Mais ça partait d'un peu trop bas !

Devant sa boutique, une fille
Sur le trottoir vint à passer,
Floridor la trouvant gentille,

Sans façon voulut l'embrasser.
Elle, lui montrant sa tournure,
Lui dit : « Modérez vos ébats :
« Vous me saliriez la figure,
« Embrassez-moi, mais bien plus bas!» *(bis)*

VIEUX FARCEUR !

Dimanche, en lisant ton affiche
Qui doit supprimer sans retard
L'impôt pour le pauvre et le riche,
J'ai bien rigolé !..... Vieux roublard !....
Que tu sais bien comme il faut plaire,
Gros candidat municipal !...
Et qui mieux que toi pourrait faire
Le boniment électoral !

Je te vois déjà sur la place,
Criant de ta plus grosse voix,
Avec le Furet pour paillasse,
Desbartins pour chapeau-chinois :
« Messieurs !... Citoyens !... veux-je dire,
« Votez pour moi, prenez mon ours !
« Mon onguent seul pourra suffire
« A vous rendre heureux tous les jours !

« Prenez mon elixir !... j'estime
« Qu'il peut guérir de tous les maux,
« Et qu'en un instant il supprime
« Les francs-maçons et les cagots !
« Plus de poux !... plus d'insecticides !...
« D'aveugles ou d'estropiés !
« Plus d'impôts, plus d'hémorroïdes !...
« Plus d'octroi, ni de cors aux pieds ! »

Qui croirait, sous ton air paisible,
Que tu sais, d'un doigt si léger,
Chatouiller à l'endroit sensible
L'électeur que tu veux piger !
Pour devenir un jour le maître,
Ce qui ne serait pas banal,
Tu s'rais fichu de repromettre
Le Casino municipal !

Moi je crois, si je ne m'abuse,
Que tu maudis le Contrôleur
Parce qu'il a, de ta cambuse,
Un peu majoré la valeur.
Ce n'est pourtant pas de sa faute,
S'il a dû prendre par hasard
Pour servir de base à ta cote,
Le prix de la *Maison Eynard !*

Va ! ne prends donc pas tant de peine ;
Pourquoi du soir jusqu'au matin
Trimballer partout ta bedaine,
Ton succès n'est-il pas certain ?
Affiche pour toute réclame
Ton nom et ceux de tes copains,
Et mets au bas pour seul programme :
« Ici l'on pose des lapins ! »

LES MOUSQUETAIRES AU... SÉNAT

L'échec du clan des cléricaux
A perturbé les sens moraux
Des Mousquetaires,
Et, candidats *in partibus*,
Personne ne reconnaît plus
Leurs caractères.

Bartinus, leur chef enragé,
Cause d'un air découragé
A ses intimes ;
Il les réunit dans des coins.
Pour leur exposer sans témoins
Des plans sublimes.

Depuis son remarquable échec,
Il affecte un air bien plus sec,
Mais toujours digne ;
Perdre son siège au Casino
En même temps qu'au Fatitôt,
Ça c'est d'la guigne !

Coupolibus, homme profond
Qui se plait à fouiller au fond
De toute chose,

S'efforce à voir d'où vient le vent
Mais il confond les faits souvent,
   Avec la cause.

Bazilus qu'on devrait doucher
Prend pour mieux nous effaroucher
   Des airs farouches,
Et « Vobiscum de Boquillon, »
Enfonce un chapeau large et long
   Sur ses yeux louches.

Le plus triste, est Chaticouéro
Qui rentré dans son gogueno
   Ne sait que faire ;
Il frotte avec acharnement
Sur la chaussure du client,
   Pour se distraire.

Vénérius, au gros bedon,
Lui, pas plus méchant qu'un mouton
   A l'ordinaire,
Parle de tout dynamiter,
D'occir et de faire sauter
   Chaque adversaire.

Porco-Marcus, esprit si fin,
Ne pouvant accepter enfin
   D'être bredouille,
Dit à ses amis étonnés,
Que depuis lors, c'est dans le nez
   Que ça l'chatouille.

Mais bah !... Messieurs les mécontents,
Patientez donc quelque temps
    Vous et les vôtres ;
Car vous pourrez bien voir, sous peu,
Renvoyés au coin de leur feu
    Tous vos apôtres !

SOLVE SENESCENTEM !

A mon ami J. CORNILLON.

Prêtres, écoutez-moi !... Vous faites fausse route
En ne comprenant pas que l'instant est mauvais,
Que dans les cœurs français a pénétré le doute,
    Et qu'il y fleurit à jamais !

Vous oubliez Voltaire et même Robespierre,
Qui voulut nous donner la Déesse Raison :
Après dix-huit cents ans, le Pape, fils de Pierre,
    Veut nous marquer à son blason !

Le favori du Christ n'avait pas d'armoiries ;
Le toit de son Eglise était l'azur du ciel,
Et je ne pense pas trouver de confréries
    Dans les paroles d'Ezéchiel !

Lorsque Jésus prêchait dans le désert immense,
Il avait les pieds nus, le fils du Dieu puissant ;
Prêtres ! quand vous parlez, il faut qu'on vous encense
    Dans votre Temple étincelant !

Il portait, le doux Maître, une tunique blanche ;
Pour la Cène il ne prit aucune chape d'or :
Lorque vous célébrez la Messe, le dimanche,
    Vous vous habillez en ténor !

2

Il était pauvre et bon, méprisant la richesse,
Lui, le Seigneur de tout, quelquefois il eut faim ;
Et l'on vous voit souvent, à plus d'une pauvresse,
    Refuser pour deux sous de pain !

En pensant l'honorer, vous rabaissez son culte :
Lui qui mourut pour nous sur un morceau de bois ;
De tout votre clinquant, pensez-vous qu'il résulte
    Même un souvenir de la croix ?

Non, Dieu n'a pas besoin de riches métropoles,
Ni des temples mondains qu'on élève aujourd'hui ;
Et les plus beaux palais, les plus vastes coupoles,
    Sont encor trop petits pour lui.

Vous croyez l'adorer, en lui donnant, en somme,
Des maisons quelquefois d'un goût plus que douteux,
Que de gros financiers considèreraient comme
    Absolument indignes d'eux !

Où donc trouverez-vous de plus splendide église,
Que celle d'un village enfoui sous les fleurs,
Où quelque vieux curé, courbe sa tête grise
    En offrant à Dieu nos douleurs ?

Christ disait : « Aimez-vous, enfants, les uns, les autres,
« Pardonnez, soyez bons, donnez aux malheureux. »
Avec ces mots divins, il jeta ses apôtres
    Au martyre, porte des cieux !

Ah ! ceux-là n'avaient point de trésors, ni de mître !
Ils marchaient à la mort sans montrer nul effroi,
Ils n'avaient pas d'anneau, de palais, de chapitre :
      Ils avaient simplement la foi !

On les sciait en deux, on les jetait aux fauves,
Ou, sur leur chair meurtrie on passait un brandon :
Et de leurs yeux en sang, sous leurs fronts blonds ou chauves
      Tombait un regard de pardon !

Aujourd'hui, si parfois une main trop profane
Veut toucher au clergé, même de par la Loi,
La malédiction sort du monde en soutane :
      Que voulez-vous ?... chacun pour soi !

. . . .

Eh bien ! je vous le dis, vous faites fausse route,
Et vous allez tuer toutes les religions :
A la fin, voyez-vous !... Dam ! cela nous dégoûte,
      De les voir émettre en actions !

Et pourtant vous auriez un rôle assez sublime,
Si vous en compreniez toutes les saintetés :
Paraissant à l'autel, toujours prêtre et victime,
      Vous trôneriez, indiscutés.

Le prêtre !... c'est à dire un être incorruptible,
Un être qui ne tient à nous que par un fil,
Qui nous relie à Dieu par un lien invisible,
      Et vit sur la terre en exil !

Le prêtre !... c'est à dire un effrayant problème,
Quelque chose de pur, de saint, d'immatériel,
Qui passe parmi nous, image de Dieu même,
      Comme un ange tombé du ciel !

Le prêtre !... c'est à dire un reflet d'espérance
Nimbé par le pardon, la vertu, la bonté,
Un être immaculé, qu'on admire, à distance,
      Auréolé de chasteté !

. .   . .

Hélas ! pourquoi faut-il que les passions humaines,
Auxquelles cependant, vous devez renoncer,
Vous tiennent comme nous, plus que nous, sous des chaînes
      Que vous ne pouvez pas forcer ?

Vous restez comme nous ; vous gardez vos faiblesses.
L'O- !re qui doit sauver tant de virginités,
N'a pas toujours raison des ardentes jeunesses,
      Ni des vieilles lubricités.

Aussi, vous devriez être bien moins sévéres ;
Vous qui représentez un Dieu plein de bonté,
Et qui ne montrez pas des vertus très austères,
      Sauvez-vous par la charité.

A présent, croyez-moi, ce n'est pas en arrière,
Mais c'est dans l'avenir qu'il vous faut regarder :
Quatre-vingt-neuf est là ; la race roturière
      Conquit le droit de le garder !

Au surplus, vous devez beaucoup à cette époque :
Le clergé compte aussi de nombreux paysans
Dont les pères n'auraient pas même une bicoque,
    Avec les anciens courtisans.

Eh bien, je ne crois pas qu'en prenant la soutane,
Un paysan français soit assez détraqué
Pour dire : « Le harnais, en somme, indique un âne,
    « Ce proverbe m'est appliqué. »

S'il en est temps encor, lâchez la politique,
Faites preuve de cœur, je dis même : d'esprit,
En venant franchement servir la République.
    Comme la prêchait Jésus-Christ !

RÉFLEXION TIRÉE DE SOUVENIRS !

(Réponse aux « Chevaliers du Gogueno doré »)

———

Quand je parle de vous, je comprends qu'on me sente ;
Vous êtes des..... sujets qu'on ne peut remuer
Sans que le gogueno qui vous tient ne fermente :   .
Je suis de votre avis : ça doit vraiment puer !

Mais si je ne puis pas être appelé : bourrique,
Vous, Messieurs, vous avez mille droits à ce nom !
Vous l'avez réclamé ; le fait est historique,
Et le Peuple, d'ailleurs, vous donnait ce surnom.

C'est même en regardant vos si longues oreilles,
Qu'on voit ce phénomène incroyable et nouveau
De trouver sur des groins, ô comble des merveilles !
L'oreille d'un *bourri* près du muffle d'un veau.

Eh bien ! si vous voulez, partageons en bons frères :
Les Bourriques, c'est vous, et le Cochon, c'est moi ;
Vous êtes dans le vrai ; ne soyons pas sévères,
Je vais, sans plus tarder, vous dire à tous pourquoi.

Oui, vous êtes vraiment, les plus fameux des ânes,
Cela se voit, de reste, en lisant vos journaux,
Ecrits dans ce doux style inconnu des profanes
Qui ne fréquentent pas les confessionnaux.

. . . .

Mais vous pouvez jurer que je suis un cochon,
Si vous vous souvenez que par les grandes pluies,
Quand tout était bouclé, guidé par Cupidon,
J'ai, chez vous, autrefois, embrassé bien des truies !

LES DÉBUTS DE TROIS FILS

QUI NE SONT PAS DE FAMILLE

————

A Vichy. ce dernier dimanche,
Au milieu des Quatre-Chemins,
Le candidat de la revanche,
Ernest, ce roi des gros malins,
Est venu, suivi de sa bande,
Aux bons électeurs Vichyssois
Faire un discours de propagande,
Qu'on écoutait d'un air narquois.

« Messieurs ! disait ce grand derviche,
« Je ne viens pas dans ces régions
« Pour vendre des crottes de biche,
« Ni des onguents pour durillons !
« Non ! je suis un grand politique :
« Le Trône et la Religion,
« Bonaparte et puis ma boutique,
« C'est toute mon ambition !

« C'est pour exploiter l'imbécile,
« Au nom du Parti National,
« Que nous venons dans cette ville
« Publier notre « *Impartial !* »

« Pour cette tâche difficile,
« Qui veut du tact et du bon goût,
« Nous sommes deux..... plus un gorille,
» Ça fait trois animaux en tout !

« Victor se charge des Jocrisses ;
« C'est lui qui du haut des tréteaux,
« Par ses innocentes malices,
« Fait se pâmer tous les badauds ;
« Lui, qui, durant la pièce entière,
« Doit recevoir d'un air naïf,
« Les coups de pied dans le derrière.
« Les pommes cuites sur le pif.

« Le singe est le clou des parades !
« Il est admiré chaque soir,
« Pour ses grimaces, ses gambades.
« Par les déesses du trottoir.
« Il joue aussi Polichinelle,
« C'est là surtout qu'il réussit !
« Chez lui la bosse est naturelle :
« Ce n'est pas comme son esprit !

« Quant à moi, je fais la ganache.
« C'est tout à fait dans mes moyens.
« C'est moi qui porte le panache
« Et l'offre à mes concitoyens !
« Moi qui-bats de la grosse caisse
« Au coin de tous les carrefours,
« Et compte avoir assez d'adresse
« Pour vous faire accepter mon ours.

« Entrez donc dans notre boutique,
« C'est moi qui fais le boniment!
« Entrez! en avant la musique!
« Accourez tous! c'est le moment!
« Venez examiner, Mesdames!
« Nos phénomènes ambulants.
« Messieurs! voyez donc nos programmes!
« Les voulez-vous rouges ou blancs?

« Nous espérons, pour clientèle,
« Avoir les gens les plus huppés :
« Les anciens laveurs de vaisselle,
« Les banqueroutiers retapés !.....
« Tous ceux à qui la République
« A refusé, pour son malheur,
« Le ruban rouge honorifique,
« Ou l'avancement de faveur !

« A nous! tous les gens sans scrupules!
« Amis des frocards et du Roi!
« Les acheteurs de particules,
« Tous les sacristains sans emploi!
« Nous qui n'avons ni sou, ni maille,
« Nous vantons la propriété
« Et nous méprisons la canaille :
« Nous en avons toujours été!

« Entrez pour vous faire une bosse
« De bon sang! Ça va commencer!
« Voila Victor qui se désosse,
« Et le singe qui va danser!

« Et vous verrez, chose nouvelle,
« Entre l'héritier de Plonplon
« Et le conscrit à la gamelle,
« Le vrai Boulanger « du salon ».

« Oui, le général en baudruche !
« Qu'un coup d'épingle a dégonflé,
« Nous vous le montrerons plus muche,
« Et tout à neuf rafistolé !
« Si ce prétendant de barrière
« Affecte des airs trop vannés,
« Vous lui soufflerez au derrière :
« Victor vous prêtera son nez ! »

ENVOI

Monsieur Petit-Duc me reproche,
Au nom des gens bien élevés,
De n'avoir plus ni sou ni poche,
Et de vivre de chats crevés.
Cet aliment-là le dégoûte,
Il préfère le chat vivant ;
C'est plus agréable, sans doute :
Mais il est donc mangeur de blanc ?

SUR UNE ROSE

Le baiser que j'ai mis au bas
Du billet que je vous adresse,
Glissant le long de votre bras
Avec une ardente caresse,
Montera jusqu'à vos grands yeux,
Vos doux yeux de Sainte N'y-Touche,
Et dans son voyage amoureux,
S'arrêtera sur votre bouche.....

Puis il descendra doucement,
Et sur votre blanche poitrine
Il promènera tendrement
Sa lèvre rose et libertine...
S'il s'égarait encor plus bas,
Dieu sait tout ce qu'un baiser ose ....
De grâce, ne vous fâchez pas.....
Fermez les yeux, petite Rose !.....

Paris, 1884.

UN CAUCHEMAR A LA MORGUE

A mon vieil ami Louis Mongond.

Sur la froide dalle étendus,
Asphyxiés, noyés, pendus,
Sont tous là, rigides dans l'ombre ;
Sur leurs membres raidis et nus
Coulent lentement, continus,
Des flots silencieux d'eau sombre '.....

Glissant sur la couchette infâme
Comme un doux reflet de leur âme,
La lune éclairait les maudits.....
Pour compléter le mélodrame,
Minuit sonnait à Notre-Dame.....
Les bourgeois ronflaient dans leurs lits.

Un mort se leva lentement ;
Il avait pour tout vêtement
Un bout de cuir à la ceinture,
Au front, un trou tout noir de sang,
Des taches verdâtres au flanc,
Des vers déjà plein la figure.....

Blanche, sur la dalle voisine,
Que, fixement il examine,
Une fillette aux cheveux d'or
Etale sa vierge poitrine,
Et tend sa lèvre purpurine
Aux baisers glacés de la Mort !.....

Elle riait à ses seize ans,
Elle était fille d'artisans,
Elle avait un père... une mère !.....
La Mort écrasa ce printemps
Qui n'avait pas même eu le temps
De trouver l'existence amère !

Et lui ! le maudit, le vampire !
Empoisonnant ce doux zéphire,
Enlaça de ses bras l'enfant...
Et sous son baiser de satyre,
Il fit de cet ange un martyre
Hors du monde où l'on en fait tant !

Et sur le faîte du beffroi,
Les yeux dilatés par l'effroi,
Esméralda dans la nuit sombre,
Vers le spectre étendant son doigt,
Découpe tout en haut du toit
Son suave profil dans l'ombre.

Tandis que la chaste dépouille,
Sous le vampire qui la souille,
Frémit sous ses baisers de mort..,..
Quasimodo, sur sa gargouille
Ricane aux pas de la patrouille
Veillant sur la cité qui dort !.....

Paris, 1882.

LE SIÈGE DE VICHY

MONOLOGUE

Tu l'as bien connu ? ce sergent-andouille
Tel que, non jamais, Vichy n'en verra :
Il roulait des yeux comme une grenouille
Au-dessus du groin d'un sale verrat.

Il organisa tout seul la défense
De notre cité, pendant l'invasion ;
Et voilà comment, ce Sous-off immense
Avait tout réglé, dans son illusion.

D'abord il minait, et sans crier gare !
Pour les recevoir aux débarquements,
Du vieux Saint-Germain, l'importante gare
Et faisait sauter tous les Allemands.

Mais si par hasard, la poudre mouillée,
Par fatalité manquait son effet :
Il tirait sur eux sa pièce rouillée
Qu'il avait braquée auprès du Buffet.

Puis, en reculant toujours en bon ordre
Il se repliait route de Cusset ;
Et tous les cent pas, il donnait contre-ordre :
Le canon tirait, voici ce que c'est :

C'était bien compris ; pendant que la garde
Royale ou saxonne, à pied s'avançait,
Avec son canon, seul, il les bombarde,
Puis en reculant, il recommençait ;

Dix hommes par coup, ce chiffre est honnête,
Pas un Allemand, ne venait chez nous :
Le raisonnement n'était pas trop bête ;
S'ils avaient voulu, lui, les tuait tous.

Et voici comment : des hauteurs de *Crolle* (')
Son canon caché, près d'un parapet
Eût anéanti, mis en gibelotte
Les derniers Prussiens, du côté de *Pet* ('')

Mais en supposant que par maladresse,
Il en eût raté, — ça peut arriver, —
Il les eût occis, du sommet de *Vesse* (''')
D'où son vieux canon, doit les achever.

. . . .

Le soir au café, quand tombait la neige,
Quand les Allemands étaient loin d'ici
Autour de Paris ; lui faisait ton siège
Et te défendait, ô mon vieux Vichy !

(') Hameau situé près de Vichy.
('')   id.   id.
(''') Village situé près de Vichy.

Mais quelqu'un lui dit : « Je comprends la chose,
« Vous avez choisi les positions ;
« Vous serez vainqueur, car je le suppose,
« Vous apporterez les munitions.

« Qui donc mieux que vous figure la Crotte ?
« Quand vous paraissez, vrai, ça sent le Pet
« Et la Vesse aussi, sous la redingote
« Qui ne peut hélas ! faire un parapet.

« Vous fournirez donc seul la batterie,
« La mèche et le feu, jusques aux terrains,
« Et vous allez faire une boucherie,
« Qui rendra *babas* nos contemporains.

« Mais vous violez les lois de la guerre,
« Les Teutons seront des suppliciés,
« Lorsqu'on les verra couchés sur la terre
« Ils seront bien morts, mais asphyxiés ! »

Quand l'homme eut fini de blaguer ce pître,
Qui de rouge était pâle devenu,
Il vit qu'il fallait clore le chapitre :
Il mourait de peur : Tu l'as bien connu ?

UN IMMORTEL

A ÉMILE ZOLA.

Alors ils t'ont boulé, Patron, dans leur boutique !
Ils ne t'ont pas admis, parbleu ! dans leur Hôtel !
Ton grand œuvre n'était pas aristocratique ;
As-tu donc besoin d'eux pour être un immortel ?

Tu les aurais gênés, vois-tu, sous leur coupole
Moins sonore et moins vide encor que leurs cerveaux.
Toi ! la vie et l'amour !... dans cette nécropole !
Toi, notre Maître à tous, parmi ces soliveaux !

Pense donc !... au *Sanctus*, l'auteur de *la Curée*.
Du *Rêve* et de *Nana*... l'auteur de *l'Assommoir !*
Allons donc ! leur cassine est pour toujours murée
A ceux qui, comme toi, n'ont pas eu d'encensoir.

Puis, je ne te vois pas t'asseyant à la place
Où somnola longtemps cet excellent Feuillet ;
Sa Muse à ton génie aurait fait la grimace :
Tel eût été Molière à l'Hôtel Rambouillet.

Je ne sais s'il y fut : j'ignore le classique,
Je crois pourtant savoir qu'on ne l'y reçut pas.
De même qu'il ne put enfourcher la bourrique
Sur laquelle eût voulu monter le Grand Dumas.

Le Petit l'a saillie, en souvenir du Père,
Qui fit ainsi mentir ce beau vers triomphant
Ciselé par Musset dans un jour de colère :
« *Où le père a passé, passera bien l'enfant !* »

Il fut aussi boulé, l'auteur des *Mousquetaires* ;
L'Académie avait bien des tours dans son sac
Pour vous éliminer, illustres réfractaires :
Zola, Daudet, Flaubert et le maître Balzac !

Non !... s'ils t'avaient reçu, je vois d'ici les têtes
De ces bourgeois gourmés, précieux et ventrus,
Prosateurs assommants, ou filandreux poètes,
Devant toi qui chantas si bien les malotrus !

Dis, Patron ? les vois-tu, songeant à la Mouquette
Leur montrant son... tu sais ?... en guise de miroir,
Ou reluquant Lantier, frisant sous sa casquette
Sa fine rouflaquette au seuil de l'Assommoir !

Et tes voisins !... « Comment ! entrer dans l'Acropole,
« Quand on commit jadis de semblables écrits !... »
Mais ils auraient tremblé que leur vieille coupole
Ne se lézardât toute aux pets de Jésus-Christ !

Et Renan !... le vois-tu fasciné par la foule
Des vieilles de Montsou déchirant le castrat,
Rester anéanti devant la femme soûle
Qui promène au soleil les.... choses de Maigrat ?

Et Monsieur de Broglie !... Ah ! je crois, ma parole,
Qu'au souvenir puissant de la fin de Nana,
Il eût, le grand seigneur, attrapé la vérole :
Aussi !... c'est lui qui chante un superbe Hosanna !

Et puis... je te connais : partageant les syllabes
Du nom harmonieux de Monseigneur Perraud,
Ton esprit si gaulois, en deux monosyllabes,
Eût volatilisé cet évêque faraud.

Il se peut, cependant, qu'avec Albine et Serge,
Ces deux anges sculptés par Zola-Phidias,
Pailleron et Coppée aient reçu dans l'auberge
Jeanbernat et la Teuse, et frère Archangias.

Claretie et Meilhac ont salué ton *Rêve*,
Sully s'est incliné devant le *Paradou*,
Et je suis bien certain que ton œuvre soulève
La haine et le respect de Monsieur V. Sardou.

Mais, vois ce bon Doucet devant la dégueulade
De ce pauvre Coupeau recoiffé par Lantier !
Non, Patron, le vois-tu, contemplant la salade
Nageant dans la vinasse au milieu du quartier !

Et les savants gourmés !... ils frémiraient ces hommes,
Quand roulent dans les champs tes amants endiablés ;
Comme si le bon Dieu n'eût pas placé les pommes
Tout exprès pour les prendre, au milieu des grands blés !

. . . .

Crois-moi, mon cher Patron, reste dans ta retraite ;
Un aveugle a gardé longtemps le pont des Arts,
Qui conduit au bocal d'où sortit ta défaite :
C'est lui qui doit entrer dans ce nid de cafards.

Mais toi, qu'as-tu besoin, pour consacrer tes titres
De quémander les voix de tous ces vieux gâteux ?
L'aigle fût-il jamais élu roi par les huîtres ?
Allons, maître Zola, sois donc plus orgueilleux !

Tu n'auras pas besoin, quand sonnera ton heure,
Toi qui fouilles si bien la triste humanité,
D'aller en habit vert à la sombre demeure,
Pour entrer triomphant dans l'Immortalité.

« *Rien ne manque à sa gloire, il manquait à la nôtre* »,
Diront les « Immortels » quand tu ne seras plus ;
Hypocrite oraison, cafarde patenôtre,
Qu'ils éructent sur ceux qu'ils n'ont jamais voulus.

Mais la postérité, notre juge suprême,
Sans pitié frappera ces fils de Loyola,
Recevant lâchement l'auteur de « *Chrysanthème* »,
Parce qu'ils avaient peur de toi, Maître Zola !

SAINT ANTOINE ET... SES COCHONS!

Ma bonne, à la fête, autrefois,
Me fit voir un fort beau spectacle ;
Des marionnettes en bois
Représentaient un grand miracle.
Moi, séduit par son compagnon,
Ne pouvant découvrir le moine,
Je disais : « Voilà le cochon,
« Mais où diable est donc Saint-Antoine ? »

Le saint, je le distinguais mal
Des anges venus à son aide ;
Pour moi, l'intérêt principal
Se portait sur le quadrupède.
Et lorsqu'à la fin, le Démon
Mit le feu sous son..... péritoine,
Je criai : « Sauvez le cochon !
« Et faites brûler Saint-Antoine ! »

J'ai connu, jadis, au bon temps,
Un charcutier fort agréable,
Qui recevait tous ses clients
En souriant d'un air aimable.
C'était sans doute un bon garçon,
Mais bête à manger de l'avoine !
Il savait saigner un cochon
Mieux qu'il n'imitait Saint-Antoine !

Auprès de l'église, on peut voir
Un vieux Bazile, oiseau nocturne,
Se promener souvent le soir
Près d'un *vobiscum* taciturne.
Ce Chevalier du Goupillon
Au grand nez couleur de pivoine,
On voit que c'est lui le cochon,
Et l'autre qui fait Saint-Antoine !

Aux alentours du Panthéon,
Habite un écureuil fort rare,
Qui s'accompagne d'un chaudron
Quand il veut jouer de la guitare.
Quoi qu'il soit aussi fanfaron
Qu'Alexandre de Macédoine,
Il a l'air d'un petit cochon
Qui chercherait son' Saint-Antoine !

Son ami, marchand de guano,
Tète à pomper sa marchandise,
Même en lavant son gogueno,
A l'aspect d'un homme d'église.
Quand je vois ce faux ratichon,
Qu'entre nous nous nommons Sidoine,
Je lui trouve l'air du cochon
Qu'embrassait jadis Saint-Antoine !

TOUTE LA LYRE !!!

(DÉFILÉ)

I

J'suis du pays des Auverpins,
J'en ai l'accent et la tournure ;
Mon papa portait de la bure,
Moi j'm'habille avec du drap fin.
Je préfèr' quand j'vais à la chasse,
La caill' coiffée à la bécasse,
Je suis fier de ma position ;
Si seul'ment à l'Hôtel de Ville,
Je pouvais siéger comme édile.....
C'est là ma seule ambition !.....

II

A vingt ans, pour n'êtr' pas troupier,
Je m'suis collé maître d'école,
Sans savoir lir' c'est le plus drôle ;
Maintenant, je suis gargotier,
Comm' ma famille toute entière,
J'en pinc' pour la gent jésuitière,
Je suis clérical avéré ;
Je travaille à l'abri *de l'orme*,
Pour avoir un régim' conforme,
Moitié sabre et moitié curé !

III

. . . .

(Supprimé par arrêt de la Cour de Riom)

. . . .

IV

Je suis le plus beau des mulets :
Personne, en voyant notre usine,
Ne se douterait, j'imagine,
Qu'ainsi nous sommes incomplets.
Quoique opérant sans artifice,
Si nul ne nous rend ce service,
Nous dépasserons soixante ans
Sans connaître les avantages,
Qu'aux très prolifiques ménages,
Donne la loi de sept enfants.

V

Je suis haut et puissant baron
D'la varlope et du pot à colle ;
Marquis de la Sainte-Coupole,
De la léch'frite et du chaudron !

Je n'suis pas de rac' plébéienne,
Ça se voit d'suite à ma dégaîne :
Nul gentilhomme de hauts lieux
N'offre une mine plus altière
Que moi, quand je trotte derrière
Ma meute de trois chiens galeux.

VI

Moi, je ne suis qu'un cuisinier,
Je suis l'plus naïf de la bande,
Pourquoi donc, je vous le demande,
M'ont-ils fourré dans ce guêpier ?
J'en ai plein l'dos de leur cassine,
Je réintègre ma cuisine
Et je m'remets à fricasser !
Qu'ils viennent frapper à ma porte,
Je veux bien que l'diable m'emporte,
Si je m'y laisse repincer !!!!!

VINGT ANS APRÈS

Au fond d'un vieux jardin, plein de mystère et d'ombre,
Enfouie à demi sous les rosiers grimpants,
Encadrée à ravir sous le feuillage sombre
Pleine de liserons enlacés aux montants,
Sourit au gai soleil une vieille fenêtre,
Où, dans des temps meilleurs, je m'accoudai souvent
Le soir, pour écouter dans les branches d'un hêtre,
Le chant du rossignol, le murmure du vent.
Comme j'avais vingt ans, est-il besoin de dire
Que j'écoutais à deux le concert enivrant
Des arbres, des oiseaux bercés par le zéphire
Qui nous caressait tous de son souffle odorant ?
On entendait, au loin, la cloche d'un village
Réciter lentement la prière du soir ;
Les fleurs qui se pâmaient, se tordaient sous l'orage
Et, dans la volupté, se noyait son œil noir !...
Elle laissait flotter sa blonde chevelure
Que la brise portait de ma bouche à mes yeux.....
Et, dans la nuit de mai... plus rien... que le murmure
De deux âmes d'enfants, s'envolant dans les cieux !...

. . . .

Vingt ans se sont passés... Déjà ma tête est blanche,
Et mon cœur est encor plus glacé que mes sens.
Hélas ! vers le tombeau, lentement je me penche,
Guettant l'éternité que déjà je pressens !...

Je voulus donc revoir cette vieille fenêtre
Où j'avais épelé mes premiers mots d'amour...
Espérant vaguement... me disant que peut-être
J'évoquerais encor ces beaux rêves d'un jour !...

.   .   .   .

Mais hélas ! les montants étaient pourris par place,
Et ne soutenaient plus ni liserons, ni fleurs.....
Sur les carreaux brisés, de longs morceaux de glace
Mettaient sur le fond noir de sinistres pâleurs !...
Tout s'était effondré dans la petite chambre ;
Le vent chassait la neige où se trouva mon lit...
Et le jour clair et froid, un vrai jour de décembre !
Brutalement baignait le vieux mur décrépit !...

.   .   .   .

Emu, je regardais et cherchais un sourire
Pour railler lâchement ces souvenirs heureux...
Je sentis une larme, et suis fier de le dire,
Qui montait lentement de mon cœur à mes yeux !...

Paris, 1880.

VUE DE DOS

La mèr' Coup' à cœur l'aut' semaine
Passait en r'vu' son matériel,
En disant : « La saison s'amène,
« Faut compléter mon personnel ;
« Ça suffit pour mes vieill's pratiques,
« Mais non pas pour émoustiller
« Les membres des cercl's catholiques,
« Qui vienn't chez moi se dérouiller !

« Un' négresse aurait fait l'affaire.
« Car ils ont le goût singulier,
« Et la bagatelle ordinaire,
« C'est trop minc' pour les réveiller !
« Seul'ment, des fois, c'est d'la cam'lotte.
« Que ces négress's d'établiss'ment :
« Quand ça déteint sur un' culotte,
« Ça vous donn' du désagrément !

« Ma foi ! je n'ai plus qu'un' ressource.
« C'est d'embaucher le jeun' Bosco,
« C'est bien un peu cher pour ma bourse,
« Mais aussi, c'est un chouett' coco !
« Avec un costum' de paillasse
« Jaun' par devant, vert sur le dos,
« Il s'attir'ra la bonne grâce
« Des sacristains et des bedeaux !

« Oui, ce phénomène aquatique,
« F'ra son effet dans mon bocal,
« Ça va donner à ma boutique
« Un cachet tout oriental !
« Tous ceux à qui l'Afrique est chère,
« Quand ils connaîtront ce morceau,
« Viendront par la port' de derrière,
« Lui rendr' visite incognito !

« Ayant longtemps chanté la messe,
« Il sera dans son élément ;
« Et saura vite avec adresse,
« Empaumer un vieux pratiquant.
« On admirait dans la maîtrise
« Le chic de son coup d'encensoir :
« Ça f'ra plaisir aux gens d'église
« Qui vienn'nt chez moi flâner le soir !

« Sa platine extraordinaire,
« Séduira les gens de bon goût ;
« Comme il lui faut un nom de guerre,
« Nous l'appellerons : *Fleur d'égout !*
« Le jour, il rinc'ra la cuvette,
« Le soir, il servira d'piment
« Aux bons marguilliers en goguette
« Qui fréquent'nt mon établiss'ment. !

SOUS LES PLATANES

A Madame Passot.

Dans le vieux Parc abandonné
Les platanes se dressent sombres :
L'heure du départ a sonné,
Le crépuscule étend ses ombres ;
Sur les arbres tout effeuillés
Qui pleurent déjà sous la bise
Raidissant ses bras dépouillés,
Toute la nature agonise !

La grande allée, où tout l'été
On voit de si fraîches toilettes,
Où les échos ont répété
Les rires des femmes coquettes
S'ouvre déserte ; et, vers le soir,
Au lieu des folles visiteuses,
On voit courir sur le fond noir
Les feuilles mortes, onduleuses.

Novembre étend déjà partout
Sa nappe de neige et de glace,
Mais quand reviendra le mois d'août
Va, nous retrouverons la place

Où si souvent, l'été passé,
Recommençant le doux poème,
Je murmurais, jamais lassé :
« Si tu savais combien je t'aime !... »

Et tes yeux plongés dans mes yeux,
Tu murmurais ces douces choses :
« L'an prochain nous irons tous deux
« Nous aimer quand viendront les roses. »
Et puis tu t'envolas un soir...
Et je suis resté sous ton charme
Mais en attendant le revoir,
Va ! j'ai versé plus d'une larme !

. . . .

Il est bien venu le printemps
Proclamé par les hirondelles,
Est-ce donc en vain que j'attends,
Ne reviendras-tu pas comme elles ?
Hélas ! le printemps s'est passé,
Tu n'as pas tenu ta promesse !...
Et seul, alors j'ai retracé
Ce souvenir de ma jeunesse !

. . . .

Dans le vieux Parc abandonné,
Les platanes sont toujours sombres :
L'heure du départ a sonné.
Le crépuscule étend ses ombres...

Sous les grands arbres effeuillés,
J'ai voulu, glacé par la bise,
Chercher encor, les yeux mouillés
Ton souvenir, petite Elise !

Vichy, octobre 78.

LE DINER DU CABOTIN

A l'ami Henry Blondeau.

Le soir, assis à la *Chartreuse*,
Le ventre vide et sans le sou,
Hâve et ridé, la face creuse,
— Ce qu'il possède est tout au clou, —
Le cabotin prend son absinthe
Cherchant dans la verte liqueur,
L'oubli de la terrible étreinte
Qui de l'estomac monte au cœur !

Il a pourtant la mine heureuse,
Il rit, il est gai comme un fou !
Car la misère, cette gueuse
Qui lui serre la corde au cou,
Ne peut arracher une plainte
A ce vieux bohême blagueur
Qui n'a jamais eu d'autre crainte
Que de rater un Directeur.

Souvent il voit passer, joyeuse
Au bras de quelque vieux grigou,
La Coquette ou bien l'Amoureuse
Dont hier encore il était fou...

Avec une colère feinte,
Il lui dit, le vieux rigoleur :
« Où qu' t'as pigé c'tte coloquinte
« Qui sert de gueule à ton Monsieur ? »

. . . .

Et si, venant à la *Chartreuse*,
Etant comme lui sans le sou,
Une ancienne, la poche creuse
Lui dit : « Mon vieux ! tout est au clou !... »
Le cabotin offre l'absinthe...
Et buvant la verte liqueur,
Ils endorment l'horrible étreinte
Qui de l'estomac monte au cœur !...

Paris, 1881

LA FUSION

Ces jours derniers au Café Riche,
Autour de bocks pleins de fraîcheur,
L'*Impartial* et son derviche
Trinquaient avec l'*Anti-Pisteur*.
Vichy tout court et la Boulange
Echangeant de joyeux propos,
Faisaient un dialogue étrange,
Dont on distinguait quelques mots.

« Au diable Constans qui nous gêne,
« Dix francs par jour, je n'connais qu'ça !
« Les Républicains à Cayenne !
« Tous les Pisteurs à Nouméa ! »

Les bocks finis, d'un air très grave,
Ernest appelant le garçon,
Lui fit remonter de la cave
Un nouveau genre de boisson.
On s'échauffait, et sur la table,
Bosco s'élançant tout à coup,
En hurlant comme un vilain diable,
Se mit à vider son égout.

« La République se détraque !
« A bas les marlous ! les voleurs ! »
Vichy vaincu par ce macaque
Disait tous bas : « Plus de pisteurs ! »

Mais, on l'sait, plus on fraternise,
Et plus on veut fraterniser,
Pour un' fois qu'à l'œil on se grise,
On peut se laisser arroser.
Victor devenu plus féroce,
S' met à japper comme un roquet,
Et d' Bosco, grimpant sur la bosse,
S'écrie en poussant un hoquet :

« Referendum ! plus de police !
« Plus d'sous-préfets ! chacun son tour !.. »
Vichy disait avec malice :
« Plus d'hôtels à six francs par jour ! »

AU SIXIÈME

Sous le toit de ma mansarde
Au milieu des liserons,
L'hirondelle se hasarde
Poursuivant les moucherons ;
Elle passe et d'un coup d'aile
Elle effleure mon rosier...
Puis disparaît vive et frêle
En chantant à plein gosier.

Reviens, reviens, ma petite!
Et construis chez moi ton nid ;
Le bonheur, dit-on, habite
L'asile que Dieu bénit,
Quand ta course aventureuse,
Se fixant pour un été,
Tu viens, chaque soir, joyeuse,
T'endormir en liberté.

Puis, tu partiras, mignonne,
En me disant au revoir !
Par un beau matin d'automne,
Mais en me laissant l'espoir
De ton retour, quand les roses
Au ciel brûlant leur encens
Salûront, fraîches écloses,
Le Messager du Printemps !

Paris, 1886.

SI ÇA N'FAIT PAS SUER !

Nous avons dans notre ville
Quéqu's gross's maît's d'hôtels,
Qui trouvent l'temps difficile,
    C'est bien naturel !
Pour eux, chaqu' petit confrère
    Est un gâch'métier,
C'qu'ils voudraient, c'est s'en défaire,
    Si ça n'fait pas suer !   (bis)

Ils pistent dans tout' la France,
    Sauf à Saint-Germain,
Et n'craign'nt pas la concurrence
    Qu'ils font au voisin !
Cell' du voisin les désole,
    Ils voudraient la tuer,
Et n'rêv'nt que le monopole
    Si ça n'fait pas suer !   (bis)

Pour démolir le Pistage,
    Ils ont inventé
Un' feuill' qui donn' de l'ouvrage
    A son Comité.
C'Comité garde la note
    D'son ancien métier,
Il n'écrit pas, il gargote
    Si ça n'fait pas suer !   (bis)

Ces Messieurs n'prenn'nt pas pour hôte
        Le premier venu,
Faut toucher d'près à la haute
        Pour êtr' bien reçu !
Pour entrer dans leur cassine,
        Faudrait justifier
D'un certificat d'vaccine,
        Si ça n'fait pas suer !   (bis)

A plat ventre d'vant l'beau monde,
        Comm' leurs chiens couchants
Ils se rattrap'nt à la ronde
        Sur les petit's gens.
Mais ils sav'nt les bell's manières
        Et s'ils veul'nt saluer
Ils s'tortill'nt jusqu'au derrière,
        Si ça n'fait pas suer !   (bis)

Chez eux, tout est pour l'épate,
        Tout l'chic en carton,
On mang' dans d'la vaissell' plate
        Plat' comm' le patron.
Les grooms sont dorés sur tranche,
        Mais dam ! faut payer
Les larbins en cravat' blanche,
        Si ça n'fait pas suer !   (bis)

Ils vous serv'nt d'la bonn' légume,
        Y a des truff's dedans,
Mais ils compt'nt, c'est la coutume,

Tout, jusqu'au cur'dents.
On y trouv' des chouett's punaises
    Ailleurs qu'dans l'sommier
Mais faut avoir de la braise
    Si ça n'fait pas suer !   (bis)

Après que — la chose est dure —
    Ils s'sont échinés
A décrotter d'la chaussure,
    V'la qu'ils r'lèvent l'nez.
Quand ils quitt'nt leurs casseroles
    Histoire de briller,
Ça s'remis' sous des coupoles,
    Si ça n'fait pas suer !   (bis)

Plats avec leur clientèle,
    Faut les voir, l'hiver,
Fair' d'la gomme ou d'la flanelle
    En pardessus clair !
Ça vous vidait les pots d'chambre
    En août dernier,
Ça fait l'marquis en décembre,
    Si ça n'fait pas suer !   (bis)

DANS LA RUE

Comme s'il souffrait des entrailles,
Doublé dans son pardessus noir,
Il file le long des murailles :
Je le vois passer chaque soir.
Tout en mâchonnant son cigare,
Il chantonne un air folichon
Et se dirige vers la gare :
Où donc va-t-il ce vieux cochon ?

Sous son galurin qui s'enfonce
Jusqu'aux sourcils, on voit ses yeux
Pochés et culottés d'Alphonse
Ou de vieux cagot vicieux.
Et la blancheur de sa moustache,
Qui tranche sur son capuchon,
Signale à tous cette ganache...
Où donc va-t-il ce vieux cochon !

P'stt !... Dans un coin, un coin tout sombre
Une fillette de quinze ans,
Profilant son minois dans l'ombre,
S'offre pour cent sous aux passants.
Le birbe a détourné la tête ;
Il lui faut mieux que ce bichon.
Puis... une enfant !... c'est pas honnête !...
Mais où va-t-il ce vieux cochon ?

« Voilà les dernières nouvelles !... »
Glapit un gosse aux doigts crasseux,
Portant, serrés sous les aisselles,
Deux paquets de journaux graisseux.
Le vieux tressaille et se redresse...
Il tremble en voyant ce torchon....
Si c'est son fils... quelle tendresse !
S'il ne l'est pas... ah ! quel cochon !.....

. . . .

Oui ! c'est le devoir du poète
De flétrir ces vieux saligauds,
Hypocrites, faiseurs de fête
Qui nous prendraient pour des nigauds,
Si, leur laissant faire leurs frasques
Sans arracher leurs capuchons,
Nous préparions à tous ces masques
L'apothéose des cochons !

QUI S'Y FROTTE !.....

Lorsque l'on porte au cœur l'espoir de la jeunesse,
       Des rêves d'avenir ;
De *mercantis* idiots, marmitonner la Presse
       N'est-ce pas se salir ?
Quand on peut arborer la couleur Espérance,
       Idéal des héros,
N'est-ce pas infamant de la porter en France,
       Juste au milieu du dos ?

Etre le défenseur du pauvre et de la veuve ..
       Selon l'argent comptant,
Du crime ou de l'honneur vendre au tarif la preuve,
       N'est-ce pas dégoûtant ?
Oui !..... chez certains l'on voit, comme un cynique éloge
       De ces vrais cabotins,
Railleuse et juste enseigne écrite sur leur toge :
       La peau de leurs lapins !

Là, ne s'arrête pas le talent de ces drôles,
       Non !... ils vendent de tout
Comme le comédien peut jouer tous les rôles,
       Quand la braise est au bout !
On achète leur plume, et ceux qui s'encanaillent
       Avec ces sauteurs-là
Se remboursent ainsi : car ces vendus les taillent
       Aux fils de Loyola !

Aujourd'hui, rugissant : Vive la République
      Et le Droit immortel !
Ils encensent demain le Pape et l'Encyclique
      Les trônes et « *l'Hôtel* »
Ils tendent leur échine à toutes les bassesses,
      Et soumis moinillons,
Ils sont prêts à subir toutes les politesses,
      Des béats goupillons !

Escamoteurs malins, Chevaliers de la « *Brême* »,
      Pour principal emploi,
Ils tournent avec art, avec un chic suprême
      A quatre points, le Roi.
Ils ont pour compenser la fortune contraire,
      Bien des tours dans leur sac,
Et filent un beau « *neuf* » au hasard réfractaire
      Quand ils taillent au bac.

Souteneurs éhontés de tout parti qui tombe,
      Suspensoirs avachis,
Ils descendent chercher dans l'oubli de la tombe
      L'antique fleur de lys ;
Cela, c'est le Destin, pénétrant dans le bouge
      Où se tient leur bureau
Qui vient, le glaive au clair, les marquer au fer rouge,
      Par la main du bourreau !

LES TROIS

Air : Au Dieu d'amour il n'est rien d'impossible !

Ils se sont dit, les trois de la Boulange,
Ernest, Victor et leur orang-outang :
« Constans voudrait avoir, de la vidange
« Le monopole entier ; c'est dégoûtant !
« Pour tripoter cette aimable matière,
« Un dépotoir ne vaut pas un journal.
« Allons-y donc ! » — Et voilà la manière
Dont fut, un jour, créé *L'Impartial.*

Elargissant leur ancienne boutique,
Ils ont repris leur *Echo* d'autrefois,
Débaptisant ce *canard à musique,*
Dont le papier vous écorchait les doigts.
L'Impartial se montre plus paisible,
Et son papier, au toucher plus égal,
Si vous avez..... l'embouchure sensible,
N'hésitez pas, prenez *L'Impartial !*

Il a, du coup, dégoté son confrère,
Qui sent sa force et ne résiste plus !
Oui, *La Semaine* eût crevé de colère,
Sans les clysos du fidèle *Ignotus.*

Que voulez-vous ? chez eux la marchandise
Est naturelle et son choix est loyal....
Si vous aimez les noyaux de cerise,
Adressez-vous donc à *L'Impartial*.

Après l'été, lorsqu'a passé la fraise,
Quoi de plus doux, le soir, au coin du feu,
Que d'aligner des marrons dans la braise
Et les voi: s'y griller peu à peu ?
Quand ils sont cuits, bien vite on se dispose
A les tirer du feu sans trop de mal :
Si vous aimez les tirer d'autre chose,
Adressez-vous donc à *L'Impartial*.

LE DRAPEAU TRICOLORE

A mon ami Edouard Oudoul

Une triste lampe éclairait,
Dans une voiture foraine,
Un jeune enfant qui se mourait
Dans une ville de Lorraine.
Déjà ses yeux étaient voilés,
Et sa pauvre bouche incolore·
Disait aux parents désolés :
« Je veux un drapeau tricolore !... »

Le père était à moitié fou ;
Comment conserver l'espérance
De trouver, même en un joujou,
Le Drapeau sacré de la France !
« Etienne !... attends ! ne pleure pas !
« Attends jusqu'à demain encore !... »
Mais le petit disait tout bas :
« Je veux un drapeau tricolore !... »

Un clairon allemand sonnait
Dans une caserne prochaine ;
Le petit mourant frissonnait :
Son œil eut un éclair de haine.

Comme s'il voyait l'avenir,
Illuminé dans une aurore,
Il s'écria, près de mourir :
« Je vois le drapeau tricolore !.... »

Le lendemain, devant le seuil
De la caserne prussienne,
S'arrêta le pauvre cercueil
Du petit patriote Etienne !
Un gros bouquet de fleurs des champs,
Rouge, blanc et bleu le décore,
« Petit ! malgré les Allemands, ·
« Tu l'as ! ton drapeau tricolore !... »

LA REVANCHE DE BÉBÉ

(MONOLOGUE)

A COQUELIN CADET.

Un jour, partis de grand matin
Après une très dure marche,
Le diable, ou plutôt le destin
Nous fit tomber à Pont-de-l'Arche ;
Là, mon billet de logement
Me désigna pour la rue Haute,
Et je me dirigeai gaîment
Vers la demeure de mon hôte.
« Ah ! vous voilà donc, Lieutenant !
« Ma foi ! vous venez à merveille !
— Me dit fort amicalement
Un monsieur sortant d'une treille —
« Car nous célébrons aujourd'hui
« La naissance de ma fillette,
« Et nous comptons sur votre appui
« Pour nettoyer cette feuillette !... »
Et le brave homme me montra
Dans un coin une énorme tonne,
En me disant : « On la boira
« A la santé de la mignonne ! »
C'était un petit vin clairet
Avec une teinte rosée ;
Il pétillait tout guilleret

Et filait comme une fusée !
Ah ! ce qu'on en but ce soir-là !...
C'est ce que je ne puis décrire...
Et ce n'est même pas cela
Que je suis en train de vous dire.
Bref, sur les..... une heure ou minuit,
— Cela ne fait rien à la chose —
Monsieur mon hôte me conduit
— Il était pochard je suppose —
Dans ma chambre, que bêtement,
Ce qui prouve bien son ivresse,
Il ferme à clef en s'en allant !
Je vis trop tard sa maladresse :
Mais j'étais content d'être seul.
Je n'avais pas quitté la table
Depuis quatre heures. Un filleul
Du papa — garçon agréable —
Ne m'avait pas lâché ; le vin
Etait blanc ; nous avions des dames...
Que voulez-vous ?... C'est bête !... Enfin !...
On ne..... sort pas devant des femmes !

Mais avec quel amour aussi
Je courus vers le... Secrétaire !
Pas vrai ? vous voyez ça d'ici !...
Mais ce qui fit moins mon affaire
C'est que le meuble était vide : oui ! ..
Vide !... et la porte était fermée !...
Vous pouvez juger mon ennui !...
Bref ! à la place accoutumée

Je cherche la cuvette !... Eh bien !
— C'était à s'en casser la tête ! —
Pas une tasse, un pot, un... rien !...
Pas ça !... sur la table à toilette !...

Ma foi ! tant pis !... « Nécessité
N'a pas..... » Je cours à la fenêtre
Comptant bien sur l'obscurité,
Quand tout à coup je vois paraître
— Jugez alors de mon effroi ! —
Deux honnêtes sergents de ville
Qui se promenaient devant moi
En reluquant mon domicile ;
Vous avouerez que c'est trop fort !...
Mais, en voulant lutter quand même,
Dans cette maison où tout dort,
J'entends je crois — bonheur suprême ! —
Comme un tout petit ronflement !...
C'est bien cela !... Non !... Je m'abuse...
On ronfle dans l'appartement ?...
Alors traversant la cambuse
Je bondis dans la direction
Du bruit sauveur et je regarde :
J'ouvre une porte : un gros poupon
Dans son berceau, seul, sans sa garde
M'apparaît rose et bien portant.

Qu'il est heureux !... car à son âge
Il n'est pas trop inconvenant
De barboter dans son... mouillage !

Mais à trente ans !... fi ! quelle horreur !...
Me voyez-vous dans mon..... Que faire ? ...
Dieu !... quelle idée !... Oh ! j'ai trop peur !...
Si l'on venait !... C'est mon affaire !..,

Sans plus tarder, et dans la nuit
Je prends bébé ; je le transporte
De peur qu'il n'ait froid dans mon lit,
Et repassant vite la porte,
Je m'élance vers le berceau
Où, délivré de ma torture...
Oh !... mais de quoi remplir un seau !...
Je mets tout sous la couverture !
Tant pis !... On croira que c'est lui
Me dis-je, enchanté de ma veine !...
Ma foi !... bien fin sera celui
Qui reconnaîtra mon... haleine !

Je vais chercher bien tendrement
Le cher marmot sous ma couverte,
Et le pose tout doucement,
— Toujours redoutant une alerte —
Dans son dodo très rafraîchi,
Où sous l'effet de la tisane
Il — que n'avais-je réfléchi ? —
Se met à brailler comme un âne !...

Vous voyez ma tête d'ici
En entendant venir la bonne ! ..

J'avais donc bien besoin aussi
De tant boire de cette tonne !...
Mais ce n'était pas le moment
De me faire de la morale ;
Je revins chez moi doucement
Afin d'éviter le scandale.

La bonne entra. « Qu'as-tu m'amours ?
Fi ! le vilain !... mais c'est horrible ! ..
— Lui, cependant, hurlait toujours —
« Le lit est plein !... C'est impossible !. .
« Vit-on jamais pareil enfant !...
Criait la nourrice en furie,
Qui nettoyait en bougonnant
L'effet de ma..... plaisanterie !

Moi, sans remords, en vrai bandit,
J'ôtais lestement mes culottes
Et me précipitais au lit
Ayant déjà tiré mes bottes.

Je m'enfonce, là !... jusqu'au cou !
En remontant la couverture...
.....Je sens quelque chose de mou...
Juste à l'endroit de ma... tournure !...

Je m'élance du lit d'un bond !
Je frotte vite une allumette :
... . Bébé s'était montré fécond !...
Et pour ne pas faire de dette,

Pendant que moi, dans son berceau,
J'avais offert tout le liquide.....
Dans mon lit, lui ! le jouvenceau,
M'avait régalé du solide !

SONNETS

I

Nous habitons vraiment un pays fort étrange :
Qu'on parle d'un escroc, d'un âne ou d'un voleur,
Se trouvant désigné par sa juste valeur,
— On se gratte toujours, lorsque ça vous démange —

Il se trouve quelqu'un, qui de cela s'arrange ;
Se reconnaît gredin, si l'on dit : recéleur,
Ou saltimbanque, si l'on a dit : bateleur :
Si l'on parlait tinette, il se dirait : vidange !...

Cela me fait songer à certain souteneur,
Qui mangeant dans un bouge un *arlequin* immonde,
Entendant annoncer par son empoisonneur :

« *Enlevez le maqu'reau !* » rugissait à la ronde,
En retroussant encor sa rouflaquette blonde :
« *Et l'premier qui me touch'!... je le crèv'!... ah malheur!...*»

II

Il s'en va, trinquanant du torse et du derrière,
Jetant au vent ses bras et ses grands doigts crochus,
Allongeant en dehors sa marche *héronnière*
Et trainant ses *grelons* à ses pieds mal fichus.

Sur son cou décharné, sa tête d'écureuil
Fardée en vermillon de pochard en pituite,
Ebauche des tons mous d'écrevisse mal cuite,
Vernis de vanité, d'ânerie et d'orgueil.

Et le veston étroit qui sangle ce fantoche,
Vicomte du Copeau, marquis du Tourne-Broche,
Décarcasse encor plus ce piètre *boudiné* ;

Ses airs de capitan laissent percer l'arsouille,
A travers le boudin, on reconnaît l'andouille,
Souvenir de famille à cet homme bien né !.....

III

Celui-ci, je le cherche et ne le trouve pas.
C'est une nullité portant grosses moustaches,
Qui dans le temps prenait de très fortes pistaches,
Au point d'être malade après chaque repas.

Il n'était bon à rien ; et, faiseur d'embarras,
Orateur imbécile, amoureux des panaches,
Au Conseil il marchait en tête des ganaches ;
On le mit à l'Hospice ainsi qu'au débarras.

J'ai fouillé longuement l'histoire naturelle
Sans trouver de famille à ce polichinelle.
Ce n'est que l'autre soir, par un très gros vent d'Est,

En voyant défiler toute une ribambelle
D'ânes bâtés, trottant devant l'Hôtel de Brest,
Que je le reconnus et dis : « *Oh ! ça y est !* »

IV

Celui-là, c'est le type idéal du crétin,
Du laquais parvenu, du plat marchand de soupe,
Héritier d'un Monsieur qui fit sauter la coupe,
Et dont il prit l'argent gagné dans le crottin.

Aujourd'hui, nous serions menés par ce pantin....
Si nous nous laissions faire, et par ceux de son groupe,
Qui croient avoir toujours la voix du Peuple en poupe,
Pour jeter au Pouvoir ce fœtus de scrutin !

Et pourtant, citoyens, c'est ça qui nous gouverne !. ...
Oh !... pas beaucoup !... un peu !... Jeune et déjà baderne,
Ce marmiton gâteux, bête, cuistre et mesquin,

Sur lequel je dirige aujourd'hui ma lanterne,
Menteur, vidé, lâcheur, enfin ce mannequin
Représente un cafard dans la peau d'un faquin !

V

Lorsque je l'ai connu, c'était un bon garçon
Qui vendait son salé, son boudin ou sa tripe ;
Avec son tablier, tout en fumant sa pipe,
Comme un bon charcutier — qu'il était — sans façon

Il buvait le vin blanc, à l'aube, en caleçon.
Mais aujourd'hui, corbleu ! le *Saigneur* s'émancipe ;
Chez lui l'impertinence est passée en principe :
Sous le marchand de porcs, sommeillait un maçon.

Pourtant son cœur n'est pas tout à fait insensible
Aux douceurs de l'amour ; il est même accessible
Aux faiblesses de l'âme, aux désirs immoraux ;

Et c'est ainsi, Messieurs, que cet homme expansible,
Sans respect pour les us, fait manger ses pruneaux,
Lorsqu'il s'en va... trinquer chez la mère Moreaux !

VI

Basile en paletot, et portant la moustache
Comme lui, cet ex-pion s'en va frôlant le mur
Pour mijoter à deux quelque complot obscur ;
Si vous le coudoyez, méfiez-vous : ça tache !

Du reste, ce pied-plat qu'aujourd'hui je cravache,
Pressentant par instinct, son vrai rôle futur,
S'est mis dans le fumier: c'était le moyen sûr
De réchauffer ce porc, avec l'engrais de vache.

C'est là-dedans qu'il croît, cet être détraqué ;
Et lorsqu'il se faufile, humble et serrant les fesses
Sous les pans avachis d'un habit étriqué,

On croit voir dans son dos les ignobles caresses,
Dont il connut jadis les saintes allégresses
Sous les honteux baisers d'un prêtre défroqué !

VII

Bel homme et charlatan ! Pisteur plein d'artifice,
Sot et prétentieux autant que diplômé,
Se croyant gentleman, parce qu'il est gourmé,
Garçon boucher voulant poser pour les Narcisse !

Vrai Mangin en coupé ; très âpre au bénéfice,
Sa barbiche pointue et son œil mi-fermé
Lui donnent le faux air — ce dont il est charmé —
D'un Méphistophélès qui vend du dentifrice !

Mais ces dehors brillants, ont leur revers hélas !
Et sa voix de castrat aiguë et glapissante
Aux gens les moins experts, vient révéler son cas :

Car le Mulet si fier de sa force apparente,
Doit pour certains exploits, dont pourtant il se vante,
A maître Aliboron céder toujours le pas !

VIII

C'est un lourdaud bourgeois, au masque apoplectique.
A l'œil idiot, au teint d'un beau rouge homard
Sur lequel se détache un nez un peu camard :
Bref, l'ensemble complet d'un épais domestique.

Pour vous dépeindre ici cet illustre cafard,
Je vais vous raconter un fait anecdotique.
Donc, un jour qu'il souffrait — la chose est véridique —
D'un affreux mal de dents survenu par hasard,

Rebelle au cataplasme, insensible à l'opium,
Son dentiste lui dit : « Sans que je vous endorme
Je vais vous guérir ça ! » Mais cette gueule énorme

Fit reculer l'artiste ; et devant ce rectum
Béant et moustachu, subjugué par la forme
Il lâcha son davier et prit un spéculum.

IX

. . . .

. . . .

X

Hélas !... tu les as donc laissé couper tes ailes !...
Queue-de-paille !... ô poète aux favoris touffus !
Et trahissant la Muse — Ah ! quel ingrat tu fus !
Tu t'es prostitué .... Frémissez hirondelles !...

Abandonnant Thalie et ses sœurs immortelles,
Le vieux Barde est venu, rougissant et confus,
Souiller sa lyre illustre, et qui ne chante plus,
Au contact du journal dont il tient les ficelles !...

A l'heure enamourée, où dans les cieux profonds
L'Etoile du Berger étincelle et s'allume,
Poète ! n'est-ce pas une grande amertume

Pour ton puissant esprit d'être sous des plafonds,
Et de tailler, pensif, silencieux, la plume
A ceux du Comité, qui, par toi sont féconds ?

XI

BIS IN IDEM

Je l'ai toujours connu citoyen très pratique :
Quoiqu'énorme il est souple ainsi qu'un fil d'archal ;
Il adula Badingue et puis le Maréchal,
Et sur le Seize-Mai fonda sa politique.

Tête de sacristain entonnant un cantique,
Onctueux et méchant, c'est dans l'Ordre moral
Que cette nullité plaça son idéal.
Car vous ne savez pas, ce pleutre est poétique !...

Du moins, s'il ne l'est pas, il en est convaincu.
De son ancien métier, ce passeur de croupière,
Devenu par hasard un laveur de soupière,

A conservé les cuirs qui forment son écu.
Et sa lettre initiale est juste la première
Que l'alphabet miroir plaça devant le Q.

XII

Les Bourgeois... de ce temps, ne sont vraiment pas fiers !
Parle-t-on d'un cochon, d'un gorille ou d'un âne,
Voilà trente crétins qui s'empoignent le crâne
Et veulent s'appliquer votre prose ou vos vers !

Tous, se reconnaissent dans ces profils divers,
L'un dit : « *L'âne c'est moi ! — Le cochon dans la panne,*
C'est moi ! — Moi le gorille ! » — Et le public ricane
De les voir au grand jour déballer leurs travers !

On ne peut esquisser la plus simple pochade,
Sans que quelque imbécile en devienne malade,
Et sans désespérer plusieurs esprits chagrins ;

C'est à vous dégoûter de rimer deux quatrains,
Et Gavroche dirait : « *Mince de rigolade !*
« *On n' peut donc plus chiner ses vieux contemporains !* »

XIII

Quand je vous vois passer vaporeuse et timide,
Mélant aux blonds épis, vos soyeux cheveux d'or,
Ma Muse qui vous suit veut prendre son essor
Pour aller se poser sur votre lèvre humide,

Lorsqu'un regard de vous, chaste enfant, l'intimide :
La folle n'ose plus ; et devant le trésor
De vos seize ans en fleur, sotte, elle hésite encor
A troubler la candeur de votre œil si limpide.

Mais Phœbus enflammé, passant par les guérets,
Dans un rayon lascif, qui glissa sur vos hanches
Vous fit rougir d'abord sous ses baisers discrets...

Puis vous avez souri, découvrant vos dents blanches,
Pendant que vos grands yeux, langoureuses pervenches,
Confiaient à l'azur vos amoureux secrets.

XIV

Bien sûr, c'est le Printemps ! Croyez-en les journaux,
A défaut de soleil dans un ciel qui s'embrouille,
C'est lui ! Dans les jardins le rossignol gazouille :
Au Casino, le soir, la *prima* chante faux !

Les vieux, en reniflant les effluves nouveaux,
Se bercent de l'espoir de n'être pas bredouille
En suivant sur le Parc quelque aimable grenouille
Qui brave les décrets de nos municipaux.

En poussant de grands cris d'amour et de bataille,
Les oiseaux effrontés se cherchent dans les airs.
Et jusqu'à Roméo qui bravant les hivers,

Se sentant tortillé par un désir canaille,
Dit à sa Juliette en lui pinçant la taille :
« Si nous allions là-bas, voir la feuille à l'envers ? »

XV

POUR LES INONDÉS

Pendant que vous riez, d'autres ont faim, Mesdames ;
La tempête a passé semant partout des pleurs,
Renversant les maisons dans cette nuit d'horreurs
Où, dans l'obscurité, surgirent tant de drames !

Je voudrais aujourd'hui, soulager ces douleurs ;
Si le malheur est grand, plus grandes sont vos âmes :
On peut tout espérer quand on s'adresse aux femmes,
Car c'est de charité que sont pétris vos cœurs.

Donnez donc ; c'est si doux de faire un peu de bien !
Privez-vous, s'il le faut, d'une fleur au corsage :
Cela se voit si peu lorsque l'on a votre âge !

Donnez ; rappelez-vous le vieux dogme chrétien,
L'Evangile au divin et sublime langage,
Qui nous dit : « Aimez-vous !... tout le reste n'est rien ! »

XVI

PREMIÈRES FLEURS

Le chevalier Printemps, foulant les pâquerettes
Dans sa tunique bleue étincelante d'or,
Court à travers les prés où sommeillent encor,
Sous leur manteau d'hiver, les modestes fleurettes.

A ses ardents baisers, les chastes collerettes
Des vierges ont frémi ; dans un timide essor
Leur puberté naissante a trahi le trésor
Blotti, tout palpitant, au sein des gorgerettes.....

Et pendant ce temps-là, devant le Casino,
A l'ombre d'un gibus invraisemblable, unique !
Bras dessus, bras dessous avec Panamino,

Qui s'en va de son pas saccadé, mécanique,
Superbe, on voit passer, sous le ciel ironique,
La *redingu'* ineffable au doux Tricyclino !

XVII

ON N'EST PAS DES PRINCES !.....

C'est à Vichy surtout que l'on guérit la pierre ;
Mais on n'y guérit pas celle d'achoppement :
Elles nous sauveraient d'un triste avènement
Si nos sources pouvaient dissoudre Georges-Pierre ;

Il se cramponne à vous, comme au chêne le lierre,
Et vous le renommez par un sot engoûment,
Comme si, parmi nous, nous n'avions pas vraiment,
Mieux que ce Boulangeard qui singe Robespierre ;

Dites-moi, citoyens : n'est-ce pas, c'est dur, hein ?
De vous être donnés sans réserve à cet homme
Qui porte dans le cœur un vrai caillou du Rhin,

Et qui fit, quoi ?... pour nous, je le demande en somme ?...
O Sources de Vichy, que partout on renomme,
Vite, dissolvez-nous cette pierre du rein !

XVIII

A THÉODORE DE BANVILLE.

En entendant ce soir « Le Baiser », où ton âme,
Poëte, cisela ces belles rimes d'or,
Murmure d'une vierge ou d'enfant qui s'endort,
Ou bien sonore aveu de l'homme qui se pâme

Sous l'amour qui l'étreint de son ardente flamme,
J'ai cru te voir assis, pensif, sous le décor
Comme pour rechercher si tes beaux vers encor
Soulevaient les bravos, ou le doute, ou le blâme.

Car tu n'es plus, mon Maître, et tu sais que le sort,
Contre les disparus, faisant de tout une arme,
Sur les plus admirés frappe souvent à tort ;

Mais ton œuvre est si pure et si pleine de charme,
Que la salle croulait ; et je vis une larme
Qui tremblait sur tes yeux : Tu vois ?... tu n'es pas mort !

ELLE !

Je le gobe, cet arlequin
Radical, puis opportuniste,
Qui pour la « *Gueuse* » en vrai Pasquin,
Lâcha le clan congréganiste (?)
Jadis, du temps de Badinguet,
Il chérissait la violette,
Car déjà ce jeune muguet
Aimait à palper la galette.

Éduqué sous l'Ordre moral,
Dont il estimait la police,
Il parle d'un ton doctoral
Qu'il croit pourtant plein de malice.
Mais on retrouve le pédant
Chez cet élève d'un jésuite,
Qui se dit qu'être outrecuidant,
C'est une ligne de conduite.

Faut voir comme il lance le trait !
Et comme il croit être ironique
Lorsqu'il silhouette un portrait
Avec un chic tout germanique.
Devant cette gracilité
Et cette prose monocorde,
On songe à la légèreté
D'un éléphant sur une corde.

C'est lui, le chef au calot blanc,
Qui marmitonne la cuisine
D'un gargotier pas assez franc
Pour dire : « Ça, c'est mon usine ! »
Et certe, il serait officier
De l'Institut, sans artifice,
Si jamais notre Primicier
Pouvait le choisir à l'office.

Mais ne soyons pas goguenard :
Pourquoi donc palmer cet artiste
Habile à trousser un canard
Par des procédés de dentiste ?
Ce serait faire double emploi ;
Pour voguer dans tant de mangeoires,
La palme est nulle, et je dis, moi,
Qu'il doit posséder deux nageoires.

MORT AUX PISTEURS !

Ils allaient deux par deux en ordre de bataille,
Leur maigre Colonel trottinait sur leur flanc ;
Ils s'avançaient avec un grand bruit de ferraille
Et c'était un spectacle à coup sûr émouvant.

Ils étaient tous armés d'une façon très drôle !
Totole brandissait une cuillère à pot,
Queue-de-paille essoufflé traînait sur son épaule
Une broche qui fit rôtir plus d'un gigot !

Le Major agitait une immense lardoire,
L'Auvergnat, aux reins forts, de ses bras musculeux,
Faisait des moulinets avec la bassinoire
Qui sert, dans son hôtel, pour les gens trop frileux.

Matansus élevait ainsi qu'une bannière,
Un balai de chiendent pris dans son gogueno ;
Le plus beau *des Mulets* portait en bandoulière
Avec son spéculum un énorme clyso !

Le Jésuite arborait un pieux ustensile
Moitié canne plombée et moitié goupillon ;
Et leur Chef, dédaigneux de toute arme inutile
Leur battait le rappel sur le cul d'un chaudron !

Et tout fuyait devant cette troupe héroïque
Qui courait dans la nuit, criant : Mort aux pisteurs !
Quatre chiens et six chats en eurent la colique,
Une truie en gésine accoucha sans douleurs !

On les voyait partout : aux Célestins, à Crotte,
Au Tonkin, aux Garets, aux Bartins, au Congo !
Croyant qu'on voulait d'eux faire une gibelotte,
Les pisteurs se cachaient devant ces : *Quos Ego !*...

Ils eurent cependant quelquefois la panique,
Et le chien d'un boucher mordit même au mollet
Matansus, qui saisi d'une colère épique,
Lui cassa sur les reins son vieux manche à balai.

Puis, au coin de la Halle, un gnome épouvantable
Tout bancal, tout bossu, se dressa dans le noir !
Ils crurent un instant avoir affaire au diable :
Ce n'était que Bosco, qui faisait son trottoir !

Les avis partagés sur ce cas difficile,
Ils durent se gourmer pour se mettre d'accord ;
Et firent tant de bruit que les sergents de ville,
Couchés depuis longtemps en ronflèrent plus fort !

Alors la mère Anuch qui souffrait des entrailles
Ne pouvant plus dormir se glissa hors du lit,
Et vida son Thomas sur le champ de bataille !...
Mais l'anse était fêlée... et le vase suivit !

Sous les flots odorants de la jaune avalanche,
Nos héros inondés, parfumés et confus,
Renonçant aux douceurs d'une vaine revanche,
Se mirent en déroute et fuirent éperdus !

Seul, leur Chef emporta, sans le moindre scrupule,
Un trophée orgueilleux de cette expédition,
Et s'en revint coiffé du vase ridicule
Que dans son trouble il prit pour son chapeau melon.

C'est ainsi qu'il a joint, sans que nul ne s'offusque
Sur son noble blason, pour vanter ses exploits,
Au rabot paternel, un joli vase étrusque :
Cela ne fait pas mal, sur champ de petits pois !...

MARGUERITE

Quand le zéphir de mai lutine
Sur leur tige les fleurs des prés,
Il en est une, plus mutine,
Qui sourit aux cieux azurés :
C'est la tant chaste marguerite
Dont la collerette d'argent
Semble un phalène qui palpite
Sous le souffle embaumé du vent.

Le bouton d'or qui la jalouse
Et le coquelicot rageur,
Toutes les fleurs de la pelouse
La regardent d'un air rêveur.
Et pendant ce temps, la coquette,
Saluant un gentil bluet,
L'engage aussi sans étiquette,
A danser un gai menuet.

Les deux fleurettes s'entrelacent
Doux mélange de blanc, de bleu,
Comme deux anges qui s'embrassent
Dans le grand ciel, sous l'œil de Dieu !
Enfin, quand le zéphir s'arrête,
S'arrête aussi le menuet :
Marguerite pose sa tête
Sur le cœur du petit bluet.

Vichy, 1887.

C'EST PAS COMM' VICTOR !

Air : *Qué cochon d'enfant!*

———

J'ai, d'puis la semain' dernière,
Un canich' tout noir,
Qu'est pus ficell' qu'un notaire
Et n'le laiss' pas voir !
Malgré tout il est fidèle
A son maîtr' d'abord,
Et répond quand on l'appelle :
C'est pas comm' Victor !

Pus roublard que la haut' pègre
Y s'débrouill' partout ;
C'est pas avec du vinaigre
Qu'on lui mont'rait l' coup.
Il est canaill' comme un homme
Mais franc comm' de l'or ;
Et c'est Bosco qu'on le nomme :
C'est pas comm' Victor !

Y m' rend souvent des services
Pour les commissions
Et sait r'connaîtr' les pièc's suisses
Des vrais picaillons.
Y s'tromp' jamais de boutique
Et chez Madam' Thor
Y va m' chercher deux sous d'chique :
C'est pas comm' Victor !

4

Si, près d'ses particulières,
        Il a du succès,
C'est qu'il a de chouett's manières
        Pour les licher d' près !
Il est tendr' pour sa chacune
        Et s'il couch' dehors
C'est qu'il est en bonn' fortune :
        C'est pas comm' Victor !

Il est d'humeur très docile
        En bonn' société,
Et n'fait pas au domicile
        D'incongruité.
Mais toutes les fois qu'il passe
        Dans la ru' d'Ballor'
Il lèv' la patte avec grâce :
        C'est pas comm' Victor !

Quoiqu' agissant à sa tête
        Y sait s'diriger
Et distingue un homme honnête
        Du brav' Boulanger !
Il a son goût politique
        Et s'il mépris' l'or,
Il saut' pour la République :
        C'est pas comm' Victor !

Il est savant comme un carme
        Plus ou moins chaussé ;
Quand on lui dit : Portez arme !

Faut l' voir se dresser !
Il fait même son paraphe,
　　Son style est très fort ;
De plus, il sait l'orthographe :
　　C'est pas comm' Victor !

Bon garçon comm' un' cocotte,
　　Y s' laiss' fréquenter ;
Mais, dam ! quand on l'asticote,
　　Y s' fait respecter !
Il n'aim' pas qu'on le débine
　　Et chaqu' fois qu'il mord
On doit sentir sa canine :
　　C'est pas comm' Victor !

Il est pour la rigolade
　　Bien organisé,
Et saurait fair' la parade
　　Mieux qu'vot' chimpanzé !
Lui r'procher son air folâtre.
　　Ce s'rait lui fair' tort
Il n'a pas l'air d'un emplâtre :
　　C'est pas comm' Victor !

Son instruction, qui m'épate,
　　Le rend propre à tout ;
Il ferait un diplomate
　　Si c'était son goût.
Il politique à son heure,

Mais, sous ce rapport,
Il préfèr' l'assiette au beurre :
C'est tout comm' Victor !

VOUS !

Quand je suis près de vous, quand je vous vois sourire,
Quand je suis ébloui par vos grands yeux si doux,
Je ne retrouve plus ce que je voulais dire
      Quand je suis loin de vous !

Quand je suis près de vous, je sens bien que mon âme
M'échappe toute entière, en proie aux désirs fous....
Mais je n'ose exprimer ce que mon cœur réclame
      Quand je suis loin de vous !

Quand je suis près de vous, je voudrais tant vous dire
Que je vous aimerai toujours à deux genoux ;
Que vous êtes ma vie et quel est mon martyre
      Quand je suis loin de vous !

Quand je suis près de vous, tout mon être s'enivre
Au pur rayonnement de vos yeux andalous,
Et je vous aime tant que je ne puis plus vivre
      Quand je suis loin de vous !

Quand je suis près de vous, près de vous que j'adore,
Qu'importe l'Univers à mon amour jaloux !
Le monde entier me semble à sa suprême aurore
      Quand je suis loin de vous !

Le Monde ! il croulerait dans l'abîme des âges
Sans tarir mon ardeur, sans ébranler ma foi,
Sans effacer du ciel les divines images
       Quand je suis près de toi !

Paris 1881

TOTOLE ! TOTOLE !

RETOURNE A TA CASS'ROLE

Air : *Thérèse ! Thérèse !*
Mets-toi donc à ton aise !

Jusqu'à ce jour, mon vieux Totole,
Tu n'as guèr' fait parler de toi,
Tu n'sortais pas de ta bagnole,
Et tu faisais très bien, ma foi !
Mais, quelle mouche te taquine,
Pourquoi rêver d'autres succès ?
Et quand on fait bien la cuisine,
Vouloir fair' de mauvais français ?

    Totole ! Totole !
    Retourne à ta cass'role
    T'es pas assez malin   (bis)
    Pour t'fourrer dans l'pétrin !

Tu saurais fair' dans un' gib'lotte,
Passer un chat pour deux lapins :
Il paraît que pour la mat'lotte
Tu n' crains aucun de tes copains !
Mais un journal, c'est autre chose,
Ça n' s'attrap' pas du premier coup,
Et l'on n' fricass' pas de la prose
Comme on élabore un ragout !

    Totole ! Totole ! etc.

Et puis, ta double clientèle
De lecteurs et de buveurs d'eau,
Dis-moi donc : que penserait-elle
De ton talent par trop nouveau,
Si, confondant les deux négoces,
Tu mettais, sans penser à mal,
Les participes dans tes sauces,
Les cornichons dans le journal ?

> Totole ! Totole ! etc.

Restons chacun dans notre rôle,
Ne pose plus pour l'écrivain :
Je n'saurais pas fair' frir' un' sole,
Toi, tu n' ferais pas un quatrain.
Si je v'nais m'ébattre à mon aise,
Dans ta cuisine un d' ces matins,
Je f'rais tourner la mayonnaise
Et je laiss'rais brûler l' gratin !

> Totole ! Totole ! etc.

Rentre au logis, ta boîte est triste,
Ton fourneau, sans toi, se fait vieux :
Renonce aux lauriers de l'artiste,
Le laurier-sauce te va mieux !
Tu le sais bien, qu'on ne peut guère
Courir deux..... canards à la fois :
Celui qui fait l'mieux ton affaire,
C'est le canard aux petits pois !

> Totole ! Totole ! etc.

MOSIEUR MACHIN L'A DÉFENDU !

Bien qu'nous soyons en République
Je trouv' qu'on manque d' liberté,
Et sur le seuil de ma boutique,
Depuis huit jours, j' suis arrêté.
Quoique j'veuill' fair' — ça c'est risible —
J'tomb' sur un pant' toujours têtu,
Qui m'dit : « La chose est impossible,
« Môsieur Machin l'a défendu ! »

Chez c'gros Potard si ridicule
Dont la tête est un monument,
J' m'en vas chercher deux sous d'pilule
Pour me couper un dévoîement.
Lui, balançant sa gross' coupole
Me dit d'un air très entendu :
« Vous n'aurez ni paquet ni fiole,
« Môsieur Machin l'a défendu ! »

Au charcutier qui fait sa tête
En s'dandinant comme un canard,
J'avais demandé sa recette
De vendre du sel pour du lard.
Mais souriant d'un air aimable
Il me dit sur un ton pointu :
« Je ne puis vous être agréable :
« Môsieur Machin l'a défendu ! »

6.

L'autre jour, pris d'une colique
Devant l'hôtel du vieux benet
Qu'est ramolli comme un'vieill' chique,
J'entre en cherchant le cabinet ;
Mais lui, sur la porte m'arrête
En disant : « Ba... be... bi... bo... bu...
« Toi, pas monter sur ma tinette :
« Môsieur Machin l'a défendu ! »

Chez l'Directeur d'la gross' légume,
L'autre jour j'ai sollicité
Un p'tit secours comm' de coutume,
Pour une fêt' de charité.
Lui, rajustant sa rouflaquette,
M'a dit : « Mon sac !... turlututu !,..
« Je m'fich' pas mal de vot' requête :
« Môsieur Machin l'a défendu ! »

Chez l'gargotier dont le visage
N'est qu'un énorme troufignon,
J'm'en fus chercher pour mon usage,
Un plat d'arlequins à l'oignon.
« Non pas ! me dit ce gros arsouille,
« Je le regrett', mais que veux-tu ?
« Tu n'bouff'ras pus d'ma ratatouille :
« Môsieur Machin l'a défendu ! »

Hier, avec vingt sous — que j'emprunte, —
Au sacristain Cafardino,

J'command' un mess' pour ma défunte,
Qui doit s'fair' vieill' dans l'Purgato,
Mais ce vieux frotteur de soutane,
Croiriez-vous qu'il m'a répondu
En me taillant une basane :
« Môsieur Machin l'a défendu ! »

Au docteur, dont la clientèle
Vient de Vénus par train direct,
J'allai l'aut' soir en traînant l'aile
Soumettre un cas assez suspect.
Mais soudain, coupant ma harangue,
Il me dit, cet hurluberlu :
« Rengaînez-moi vite vot'... langue :
« Môsieur Machin l'a défendu !

SOUVENIRS

A l'ami J.-I. Michel.

Quand on n'a plus vingt ans et qu'on voit sa jeunesse
S'éloigner doucement et se perdre au lointain,
N'est-il pas triste et doux, dans un jour de paresse,
De songer au passé sans penser à demain ?

Comme on remonte seul, le cœur plein d'amertume,
Les verts sentiers fleuris si gaiement descendus !
Comme on évoque encor, sous leurs voiles de brume,
Les souvenirs d'antan et les beaux jours perdus !

C'est qu'alors on allait sans détourner la tête,
Crésus inconscient, prodigue du trésor :
Tous les jours de la vie étaient des jours de fête,
Et l'on n'avait plus rien, que l'on disait : Encor !...

C'est un trésor si grand, celui-ci : la Jeunesse !...
Que l'on doit excuser qui le croit infini !...
Le temps se chargera, de sa main vengeresse,
De jeter au néant notre rêve béni !

Alors on veut lutter !... on veut aimer quand même !
On ne peut se résoudre à n'être plus qu'un vieux !
Et poète incompris, on veut faire un poème
Qui, conçu dans l'enfer, fasse rêver des cieux !...

....Il n'est point de frimas, ni de neige éternelle,
Que le soleil de mai ne fasse fondre un jour ;
Hélas ! que ne fait-il jaillir une étincelle
Qui nous rende un instant à la vie, à l'amour !

Qui nous fasse un moment trouver les femmes belles,
Le ciel bleu, le vin bon !... enfin comme à vingt ans,
Qui nous fasse rêver retour des hirondelles,
En novembre, en janvier, sans souci du printemps !

Mais Dieu n'a pas voulu, dans sa haute sagesse,
Que l'amour, cette fleur, pût éclore deux fois :
La rose a le printemps, l'amour a la jeunesse...
Et le printemps hélas ! ne dure que deux mois !

. . . .

....Lorsque tout est fané, la jeunesse et la rose,
Et que tout seul, rêveur, on fixe l'avenir,
N'est-il pas triste et doux, malgré l'hiver morose,
D'évoquer doucement l'ange du souvenir !...

Paris 1879.

LE REFERENDUM

(MONOLOGUE)

Les gens du journal boulangisse
Se serv'nt, pour paraîtr' des malins,
D'grands mots qui vous donn'nt la jaunisse,
Et qui sont chinois ou latins.
Moi, je n'aim' pas quand on m'bavarde,
Qu'on m'dit des mots en *us*, en *um* ;
Mais surtout ce qui m'emmoutarde,
C'est leur sacré *Referendum !*

Je vous demande à quoi qu'ça r'ssemble.
Quoi qu'ça peut êtr' un' bêt' comm' ça ?
Moi, je n'sais pas. mais il me semble
Qu'on doit s'méfier d'ces termes-là !
Comm' c'est des gens qu'aim'nt à la faire
Et qu'ils fréquent'nt les *vobiscum*,
Qui sait ? c'est p't'êtr' bien leur derrière
Qu'ils appell'nt un *Referendum !*

Depuis huit jours, ça me tracasse,
Je n'aim' pas passer pour un s'rin ;
Que veut dir' ce mot si cocasse ?
Ça doit êtr' quéqu' chos' de rupin !
Mais, j'y songe, j'ai mon affaire !
J'm'en vas d'mander à *Mosieur Tom*,
Lui qui doit s'connaîtr' en derrière,
Si ça s'appell' : *Referendum !*

Pourquoi donc qu'ils font les tartufes,
J'crois qu'leurs grands mots sont superflus,
Ils doiv'nt bien savoir ces sal's muffes
Qu'ils ne nous entortill'ront plus.
Leur Général, la chose est claire,
Comptait s'offrir un *Te Deum*;
Il nous a montré son derrière :
C'est donc ça le *Referendum !*

Ménag' donc les mots qu'tu jaspines,
Et qu'tu sois Victor ou Bosco,
J'te préviens qu'si tu m'enquiquines
J'te décarcass'rai le coco !
Qu'ce soit ta gueule ou ton derrière,
Moi qui n'tiens pas au décorum,
J'm'en vas, sans autre commentaire
Te boucher ton *Referendum !*

LA NAISSANCE D'UN CANARD

Ils étaient huit, huit fameux crânes
Qui, fatigués un beau matin,
De toujours passer pour des ânes,
Voulurent tenter le destin !
Tout autour d'une table verte
Installés, la séance ouverte,
Chacun dut chercher les moyens
De sortir enfin de l'ornière,
Et par des torrents de lumière
D'éblouir ses concitoyens !

Le premier qui prit la parole
Pour pousser une motion,
Ce fut le Duc de la Coupole
Dont chacun sait l'ambition.
Se dandinant sur ses échasses
Comme un paon qui montre ses grâces,
Dans son veston couleur caca,
Il frappa sur sa tête creuse
Et dit d'une voix rocailleuse
« Bravo ! mes enfants !... Euréca !

« J'ai trouvé le moyen pratique
« De mettre au jour notre valeur !
« Fondons un journal politique,
« Et nommons-le : l'*Ancien-Pisteur !*

« Chacun de nous, à tour de rôle
« Y pourra prendre la parole,
« S'y vanter en termes flatteurs ;
« Et défiant la concurrence,
« Nous ferons payer la dépense
« A nos malheureux fournisseurs ! »

Se voyant ainsi sur la *piste*
Tous crièrent en même temps :
« Dieu ! quel génie... et quel dentiste !
« Qu'il a d'esprit et de talents ! ! !
« De cette feuille hebdomadaire,
« Et boulangiste et culinaire,
« Vite ! arrêtons tous les détails ;
« Et tous, nous partageant la tâche
« Nous célèbrerons sans relâche
« Nos fameux caravansérails !

« Avec notre aplomb ordinaire
« Nous vanterons à notre gré,
« Nos façades en carton-pierre
« Nos enseignes en bois doré !
« Nos grands salons ornés de lustres,
« Nos hôtes plus ou moins illustres ;
« Mais nous laisserons de côté,
« Avec nos notes formidables
« Les hypothèques innombrables
« Dont plus d'un immeuble est doté ! »

Ainsi fut-il dit ; et sur l'heure
Sans s'égarer en vains propos,

Avant de gagner sa demeure
On se mit d'accord. Tous les lots
Furent partagés à la ronde :
Gibet, qui connaît le beau monde,
Pour avoir ciré ses souliers,
Dut se charger du *hiche-life*,
Et du sport il fut le pontife :
— Ces termes lui sont familiers ! —

Totol, malgré sa modestie,
Eut le menu de tous les jours ;
Le *Major* prit la sacristie,
Et *l'Horloger* les calembours !
Le Mulet, le côté science,
Pour traiter avec compétence
Des naissances..... chez les Kroumirs !...
Au *Pot à tabac* de la bande,
On accorda sur sa demande,
Le vélocipède et les cuirs.

Quand l'*Auverpin* eut pris la chasse,
Et le *Jésuite* les engrais,
Ils abandonnèrent la place,
Et s'en allèrent satisfaits !
Je les vis sortir de leur salle
Et s'enfiler près de la Halle
Dans une certaine maison...
Et j'entendis dans ce coin sombre
Une voix qui criait dans l'ombre :
« *Allons ! Fleur-d'Egout !*..... *au salon ! ! !*

FEUILLE DE ROSE

Dans votre corsage entr'ouvert
Vous aviez mis des roses blanches,
Qui, sur votre sein découvert
Etendant leurs petites branches,
Semblaient vraiment être les sœurs
Cadettes des deux autres roses,
Qui rougissaient sous leurs pâleurs
De fleurettes à peine écloses !

Puis vous avez distraitement
Pressé sur vos lèvres de rose,
Une feuille au céleste aimant :
Sans doute un mystère y repose.
Tiède de vos baisers si doux,
De votre haleine parfumée...
Je la vis choir sur vos genoux
Et la saisis tout embaumée...

Alors ému d'avoir cueilli
Cette parcelle de votre être,
En la baisant j'ai tressailli,
Et je me suis dit que peut-être
Au frais pétale de la fleur
Vous aviez mis une caresse,
Qui s'envolait de votre cœur
Pour arriver à mon adresse !

LE BUREAU A VICTOR

Il a plus d'vein' qu'il ne mérite
Le Gérant de l'« *Impartial* ».
Il vient d'ach'ter dans un' faillite
Un Bureau fort original.
Ce Bureau ne paie guèr' de mine :
On dirait qu'il sort d'un égout.
Victor cependant, j'imagine,
Doit le trouver fort à son goût.

Oui, ce Bureau propre à tout faire,
Est d'un style assez biscornu,
Il est mieux devant que derrière,
Il est bancal et mal fichu.
Mais sa couleur jus de réglisse
N'altère pas sa qualité,
Il peut rendre plus d'un service
Pour les cent sous qu'il a coûtés.

Quand on ignore la grammaire
Et qu'on écrit en charabia,
Avoir un Bureau-Secrétaire
Quoi de plus agréab' que ça ?
Victor a donc la chance insigne
De pouvoir se passer d'esprit,
Et tous les articles qu'il signe
C'est son Bureau qui les écrit.

Ce Bureau, de plus, dissimule,
Dans un compartiment secret,
Un vase qu'on appelle Jule,
Et dont l'usage est très discret.
On ouvre un tiroir par derrière,
Et voilà l'Bureau tout à coup,
Qui se transforme en pissotière :
Victor trouv' ça commod' comm' tout.

Ce Bureau, malgré ses déboires,
Jouit du talent assez beau,
De pouvoir, grâce à ses nageoires,
Comme un poisson, vivre dans l'eau.
Si Victor veut quelque *roulure*,
Et dans les prix tout à fait doux,
Son cher Bureau les lui procure
Pour la somme de quarant' sous.

Lorsqu'ayant fait quelque trouvaille
Et pour enrichir ses Echos,
Victor sur son Bureau travaille,
Son Bureau lui fait le gros dos.
Pour élaborer son chapitre,
Comme dans la rue Quincampoix,
Il prend son dos pour un pupitre,
C'est simple et pas propre à la fois.

Enfin, ce meuble que j'admire,
Pour ses usages si nombreux,

Sert de tout, sauf de tirelire ;
Ce n'est pas leur faute à tous deux !
Car si toujours la Boulangère
A dans son sac quelques écus :
Le Boulanger, lui, n'en a guère,
Je crois même qu'il n'en a plus !

CHANSON

Air : « *Le Père La Victoire* ».

Nous, habitants du Vieux-Vichy
Nous nous somm's mis en tête
De donner une fête,
Pour les pauvres donnez ici,
Amis ! pour eux, merci !
Donnez c'est pour nos malheureux ;
Ils ont eu faim, vous serez généreux
La charité c'est douce chose
Et votre bonté vous l'impose,
Prenez pitié, tant sont restés sans pain.
Trop fiers pour tendr' la main,
Ils seraient plutôt morts de faim !
Tin, rin tin tin, rin tin tin,
La main à la poch' les copains !

Vous qui passez là-bas,
Apportez-nous donc votre obole
Ah !
Ne vous en allez pas,
La Charité, cela console. ...
Venez à nous,
Faites pleuvoir les sous,
Venez en aide à tous nos frères,
Voyez leurs misères !...
Donnez ici,
Au nom du Vieux-Vichy !

C'est au nom de l'Humanité
Que nous faisons la quête,
Aujourd'hui dans la fête,
Au nom de la Fraternité,
Sœur de l'Egalité,
Donnez, soyez républicains :
Achetez-donc ces modestes refrains ;
Deux sous, c'est bien peu de chose
Vous donnez ça pour une rose,
Donnez-nous les, c'est pour avoir du pain,
Et ce n'est pas en vain
Qu'on fait l'aumône à son prochain.
Tin, rin tin tin, rin tin tin,
La main à la poch' les copains !

       Vous qui passez là-bas, etc.

FANTAISIE

Avez-vous vu, chez maître Alouf
Bosco, le poisson-singe immonde,
Ce cochon doublé d'un pignouf,
Tel qu'il n'en est pas en ce monde :
Lorsqu'il nous étalait son groin
On croyait voir un vieux derrière,
Aussi, dégoûté du baboin,
Alouf plaqua son pensionnaire.

Pour ne pas subir de ce fait,
De trop énormes préjudices,
Ledit Bosco — ça c'est parfait —
Dut ramasser les immondices.
Mais il vola le vidangeur
En boulottant un... factionnaire ;
Et comme Alouf n'est pas plaideur
Il dut changer son pensionnaire.

Rentré dans l'établissement
Pour fournir les poux, les mor...choses,
Bosco, qui fut très imprudent,
Comptait sans les métempsycoses.
Alouf aussi s'était mépris :
Le public n'est pas débonnaire,
Et c'est avec de l'onguent gris
Qu'il accueillit son pensionnaire.

6.

Comme il était très odorant,
Ayant toujours aimé ses aises,
Des puces il fut le Gérant,
Mais il fit crever les punaises ;
Si bien qu'Alouf tout dégoûté
Errait pensif et solitaire,
Se demandant, épouvanté :
« Que faire de mon pensionnaire ? »

Un éclair coupa son cerveau,
Passant à travers sa caboche :
C'était de marier Bosco
Avec son étoile : la coche.
Etant donné ces deux hideurs,
Ce serait extraordinaire
Le produit de ces deux horreurs ;
Il unit donc son pensionnaire.

Il eut quelque difficulté,
La coche était malgré tout, fière ;
Mais Bosco, lui, tout enchanté,
Se montra beaucoup moins sévère.
Le résultat fut obtenu ;
Bosco fut ardent, il sut plaire :
C'était un cochon méconnu,
Que cet excellent pensionnaire !

Cela se passait dans la nuit,
Et Bosco partit en voyage,
Laissant l'objet par lui séduit,

En le priant d'être bien sage.
Quand il revint, il faisait jour,
Et la coche pour se distraire
Envoyait des *gnoufs-gnoufs* d'amour
A son aimable pensionnaire.

Pour ne pas troubler les amants
Alouf avait fermé la porte...
Il entend des cris déchirants...
Il revient... l'intérêt l'emporte !

. . . .

Hélas ! — après l'avoir remplie, —
Par son aspect de dromadaire
Bosco fit avorter la truie...

. . . .

Ah ! quel dégoûtant pensionnaire !...

SOUS LA NEIGE

(Chanson)

Quand les arbres sont dépouillés,
Quand les forêts sont toutes blanches,
Sous les grands chênes effeuillés
Dont la neige courbe les branches ;
Si vous cherchez dans les buissons
D'églantiers ou bien d'aubépines,
Vous trouverez près des pinsons
Une humble fleur sous les épines.

   De grâce, ne la cueillez pas,
   Et que sa candeur la protège !
   C'est si charmant dans les frimas
   La violette sous la neige !

La voici, la petite fleur ;
Et bien joyeuse, la pauvrette
Dégage sa fraîche senteur
De sa gracieuse gorgerette.
Mais la bise vient de passer,
Elle frissonne, et, toute triste
Elle se met à rêvasser
Dans sa corolle d'améthyste !

   De grâce, etc.

Laissez dans son palais d'argent
Cette mignonne au doux langage ;
Elle y vivra plus sûrement
Que fixée à votre corsage.
« A Dieu, lorsque tu t'en iras
« Fleurette, tu mourras fanée...
« Mais au moins tu t'endormiras
« Sur la terre où ton âme est née !..... »

De grâce, ne la cueillez pas,
Et que sa candeur la protège !
C'est si charmant dans les frimas
La violette sous la neige !

7.

BAPTISTE & JOSEPH

J'ai deux amis ; l'un est triste,
    C'est Baptiste !
L'autre est toujours gai *beseff*,
    C'est Joseph !

L'un demeur' près d'un dentiste
    C'est Baptiste !
L'autre habite rue du Bief,
    C'est Joseph !

L'un pos' pour le journaliste,
    C'est Baptiste !
L'aut' pourrait manger du *treff*,
    C'est Joseph !

Dans le temple évangéliste,
    Va Baptiste !
A l'églis' c'est dans la nef,
    Qu'est Joseph !

L'un n'va que grâce au droguiste,
    C'est Baptiste !
L'aut' cherche toujours sa clef,
    C'est Joseph !

L'un a l'aspect d'un mariste,
    C'est Baptiste !
L'aut' d'une andouille en relief,
    C'est Joseph !

L'un chiffonn' sa camériste,
    C'est Baptiste !
Mais quant à l'autre, il s'en f. ..,
    C'est Joseph !

L'un pour un grand hôtel piste,
    C'est Baptiste !
L'autre a les fonctions de chef :
    C'est Joseph !

Terminons là notre liste,
    Sur Baptiste !
Pour aujourd'hui soyons bref,
    Sur Joseph !

ROSE A ROSE

Quand vous recevrez cette fleur,
Qui porte votre nom, Rosine,
Si vous approchez de son cœur
Votre lèvre rose et mutine,
Vous y trouverez le baiser
Que vous m'avez, chère traîtresse,
Permis jadis de déposer
Sur votre bouche enchanteresse ! ..

Pourtant n'appuyez pas trop fort,
Car, sous l'effet de votre charme,
De cet humble souvenir mort
Vous feriez jaillir une larme !...

Allons ! jetez vite en un coin
Cette fleurette parfumée
Que vous adresse, hélas ! de loin,
Celui qui vous a tant aimée !...
Quand votre pied l'écrasera,
Si vous sentez une caresse :
C'est mon amour qui reviendra
Mourir aux pieds de sa maîtresse !

Vichy, 1877.

A LA MAIRIE !...

Air : *A Batignolles*

I s'étaient réunis le soir,
I z'avaient peur de se fair' voir,
Pour fair' leur p'tit' saloperie,
  A la Mairie !...

Le pistag' les a fait bouffer,
Maintenant i veul'nt l'étouffer,
A l'aid' de la Gendarmerie,
  A la Mairie !...

Dans le temps qu'ils étaient frotteurs
C'étaient eux les pus chouett's Pisteurs...
Aujourd'hui, ça les contrarie,
  A la Mairie !...

Quand i z'avaient des p'tits hôtels,
Avant d'avoir des beaux castels,
Ils portaient pas leur tartuff'rie
  A la Mairie !..:

I raccrochaient à Saint-Germain,
I z'iront p't'être encor demain
Quoi qu'ils aient fait leur cochonn'rie,
  A la Mairie !...

Faudrait p't'êtr' qu'pour les engraisser
Les autres se laissent crever :
Ça n'prend pas leur chinoiserie
        A la Mairie !...

I s'figur'nt que l'Gouvernement
Va s'dépioter pour leur argent,
Et ratifier leur fourberie,
        A la Mairie !...

Je crois bien qu'i peuv'nt se taper
Jamais i n'empêch'ront d'pister.
C'est bien ce qui les contrarie.
        A la Mairie !...

I peuv'nt gueuler dans leur journal,
I s'ront boulés, c'est l'principal,
Mêm' s'ils avaient leur imprim'rie
        A la Mairie !...

Enfin, ça prouve aux électeurs
Même à ceux qui n'sont pas pisteurs,
Que tout s'fait par camarad'rie
        A la Mairie !...

CHANSON

Petit bleuet qui te détaches
Sur le fond doré des grands blés,
Petit bleuet, toi qui te caches
Sous les coquelicots troublés
     Par le zéphir ;

Qui donc colora tes pétales,
As-tu pris un morceau d'azur
A l'heure où les étoiles pâles
Disparaissent dans le ciel pur
     D'un bleu saphir ?

Petit bleuet, ta fine tête
Se courbe sous un diamant
Lorsque l'aurore qui te fête,
T'a caressé, tout frissonnant
     Sous son zéphir ;

Qui donc sertit sur ta corolle
Ce brillant rayon de soleil
Etincelante luciole,
Illuminant dès ton réveil,
     Ton bleu saphir ?

Est-ce une goutte de rosée
Où se reflète le ciel bleu,
Sur ton cœur qui donc l'a posée,
Est-ce le hasard, est-ce Dieu,
    Ou le zéphir ?

Non, ce que ta corolle héberge,
Petit bleuet, couleur des cieux :
C'est une larme de la vierge,
Qui tomba jadis de ses yeux
    D'un bleu saphir !...

Vichy, 1887.

LA VESTE A VICTOR

C'était un clerc — *un clerc obscur* —
Qui, brûlé dans mainte boutique
Un beau jour se crut assez mûr
Pour aborder la politique.
La Boulange admit ce fruit sec
Et lui promit par aventure,
De laisser tomber dans son bec
Une forte Sous-Préfecture !

Dès lors, il connut la grandeur,
Le candidat de la revanche,
Olivier, ce vaillant lutteur,
Le traitait de : Ma vieille branche !
A Vesse, il l'avait près de lui,
Pour poser sa candidature,
Et notre clerc, tout ébloui,
Ne rêvait que Sous-Préfecture !

Il s'était même commandé
Avec l'uniforme d'usage
Un claque tout d'argent brodé
Ce qui complétait son visage...
De son tailleur, depuis six mois,
Le frac orne la devanture...
Ce n'est pas encor cette fois
Qu'il aura sa Sous-Préfecture !

8.

Avant le terme désigné,
La boulangeaille a fait faillite
Le Général s'est esbigné
Suivi de sa vieille marmite.
C'est dur d'attendre encor quatre ans
La prochaine législature,
Et de n'avoir de si longtemps
Qu'une ombre de Sous-Préfecture !

Pour se distraire, il va pêcher,
Et ses jaloux — tas de fripouilles —
Vont bien jusqu'à lui reprocher
D'être un Sous-Préfet de grenouilles !
Il pêche donc, et sur le soir,
S'il rapporte un plat de friture,
Ça le console de n'avoir
Pas pêché sa Sous-Préfecture !

Pêche donc du soleil levant
Jusqu'à la nuit, c'est plus pratique !
Te voilà clerc comme devant :
Quel pétrin que la politique !
Les raffalés de ton parti
Lassés d'éculer leur chaussure
Disent comme toi : c'est fini,
Pour nous, plus de Sous-Préfecture !

Car *Ernest*, quoique né coiffé
Se voit préférer *Gabrielle*,
Il est oublié pour *Gouffé*

Et le *Conscrit à la gamelle* !
Toute sa séquelle, en effet,
Est dans cent pieds de confiture...
Victor sera pas Sous-Préfet...
Tant mieux pour sa Sous-Préfecture !

1890.

AUX AMINCHES

Edpuis que j'ai lâché Pantin,
Faudrait pas croire èque j'm'amuse ;
Mais faut laver mon intestin :
C'est dans mes trîp's qu'est mon escuse.
Paraît qu'j'ai beaucoup trop liché
D'absinth's, de meulés, de vinasse,
Enfin !... j'suis toujours dérangé,
Lorsque je reste à Montpernasse.

Aussi l'aut'soir, la grande Anuch,
Qui lèv' les pant's aux Mill' Colonnes
M'a dit : « Ugèn' ! tu n'es pas much !.....
Et puis, tout le temps tu rognonnes !
T'as jamais l'air de rigoler,
T'as pus ton joli caractère,
Tu m'fais l'effet d'te décoller,
T'es pus canulant qu'un clystère !

Avec les dam's, moi, j'suis poli ;
Aussi, je te l'i coll' eun' beigne !...
Qu'all' a pas d'mandé l'paroli :
De quoi qu'a s'mêl' c'tte gueul' d'empeigne ?
D'ailleurs, j'ai bien assez trimé,
Si j'suis malad' c'est mon affaire :
C'est emmiellant d'èt' trop aimé ;
On dit que ça rend poitrinaire !

N'empêch' qu'ça m'a fichu la frousse
Et que je viens pour me soigner
A Vichy ; j'vais m'la couler douce :
C'est dégoûtant, je m'envoi' baigner !
L'matin, j'm'étal' dans ma baignoire,
D'ousque j'm'en vais, frais comme l'œil ;
L'soir au théâtr' je fais ma poire
En me carrant dans mon fauteuil.

J'ai toujours gobé les artisses,
Surtout cell's qui sont dans l'ballet :
Parlez d'Ugèn' dans les coulisses
Du théâtre du Châtelet !
Y en avait pus qu' pour ma pomme,
Et les gommeux pouvaient s'taper ;
Mais je n'étais pas économe :
Aussi, j'me suis fait estamper.

Dans l'*Moniteur*, ej'vas vous faire
Des comptes-rendus rigouillards
Et je suis bien certain de plaire
Aux jeun's ainsi qu'aux vieux paillards.
J'espèr' qu'ça sera très cocasse
Et qu'vous allez vous gondoler
Aux chouett's récits de Montpernasse
Que j'ai celui d'vous présenter.

HAMLET

Opéra en cinq actes

———

Non, vous savez, moi ça m'épate pas,
La machine à Mesieur Ambrois' Thomas.

Vous n'avez pas connu Natol'? le grand Natole,
Qu'avait la tronche à jour par la p'tite vérole,
Qui se chiquait tout l'temps au Vaux-hall, chez Favier,
Et qui ne foutait rien de son propre métier?
Enfin, Natole, quoi! le tombeur d'la Villette
Un lapin qui savait remoucher la galette
A la tronch' des sergots, là-bas à Billancourt
Avec son boneteau, qui gueulait comme un sourd
La Valence, le soir, aux lourdes des théâtres,
Celui qui d'tout Pantin, collait l'mieux les emplâtres?
Si; vous l'avez connu? parbleu!... Je l'savais bien!
Eh ben! de sa vieille mèr' Natol' était l'soutien;
A Montmeurtr', son papa rempaillait tout's les chaises,
La mèr' tirait les cart's; ils avaient tout's leurs aises;
On réservait pour eux les pus chouett's arlequins,
Et Natol', à ses pieds, avait des brodequins,
Un foulard rouge, en soie, et puis... oh '... des casquettes!
Qui faisaient, sans pommad', pousser les roufflaquettes!
C'était des typ's à l'œil, des épatants rupins:
Natol' eut fait fortune avec ses peaux de lapins.
Ils perchaient tout là-bas, derrièr' les Batignolles,

Au quartier d'la Révolte, ousqu'igna des bagnolles,
Pour les bourgeois au sac, qui veulent pas — malheur !.. —
Se charrier sur leurs plant's au boul'vard estérieur !
Enfin ! ça ne fait rien !... Natol' avait un oncle
Que soigna sa maman, à cause d'un furoncle
Qu'il avait dans le dos ; l'amour naquit de là.
Je ne me charge pas de vous espliquer ça ;
Mais ce que je sais bien, c'est qu'un soir de ribotte,
Que le Pére avait pris une énorme culotte,
On te le surina, gentiment, dans un coin
Sans faire de pétard, et pour sûr, sans témoin.
Aussi neuf mois après cette horrible aventure
L'oncle aboulait sa viande avec sa vieill' future
Devant l'municipal, qui leur z'y permettait
De fair' légalement c'qu'ils avaient déjà fait.
Natol', lui, n'savait rien ; il était comme un gosse ;
Jamais il aurait cru que sa mère fut si rosse.
Si bien qu'après la noce en faisant un Zanzi
Chez le mann'zingu' du coin, y resta tout saisi
En voyant son papa qu'avait mis sa pelure
De piéd'banc de pompier ; n'ayant pus de chap'lure
Dessus son jambonneau, son casque le cachait :
Ce qu'y fut épaté !... c'était lui qu'il cherchait !

— « Natol', lui dit le vieux, je viens du Pèr'Lachaise ;
« Ton oncl' vaut pas un clou, ta mère est un' punaise
« C'est ces deux prop' à rien, P'tit, qui m'ont fait piver,
« Et je compte sur toi, fiston, pour les crever.
« Pourtant si ça t'fait rien, touche pas à la vieille ;
« Mais quant à son marlou, sans blagu' je te conseille

« De lui manger le nez, si tu veux pas me voir
« La nuit près de ton pieu, tout l'temps venir m'asseoir ! »

— « C'est bon ! que dit Natol', faut pas tant fair' d'épate ;
« Ça sera bientôt fait d'y serrer la cravate ;
« Seulement vous savez ?... faut me lâcher d'un cran :
« Ménuit moins six broquill's s'amène sus l'cadran ;
« C'est l'heur' que j'gob' le plus pour travailler un pante,
« Et vous serez vengé, vieux rasoir, je m'en vante !
« Allons ! un meulé-cass ?... Non ? alors, eune verte ? »
Pff t'!... il avait filé : la place était déserte ;
Rien ; pas même un sergot en train de fair' son quart,
A peine une ou deux gouin's caletant au plumart ;
« Oh ! chouett' ! que dit Natol', elle est rien bath ! la sorgue !
« C'est un temps ricopet, pour repeupler la Morgue !
« Avec ça qu'y lansquine' !... Attends mon vieux tonton !
« Je vas t'aller servir ton dernier miroton ! »

V'là donc Natol' parti pour venger son vieux père,
Et frapper le coupable au sein de l'adultère,
Comme dit l'premier rôle à la Port' Saint-Martin,
Ousque j'ai figuré lorsque j'étais goss'lin.
Natol' est un malin : il avait pris eun' veuve
Très souple et bien graissée et surtout pas trop neuve :
Rien de pus chouett' que ça pour refroidir sans bruit,
Un pant' qui se ballade au mélieu de la nuit.
Il arrive à la turne et cogne à la vanterne,
Après avoir eu soin de moucher la lanterne
Qu'aurait pu le fair' voir en train de travailler
A quèqu' biffin en dèch', après à chiffonner.
— « Eh ben, quoi donc qu'te veux ? dit le vieux en colère

« Te vas nous fout' la paix! — « Pas trop tôt! » dit la mère.
Mais il était sorti : Natole d'un coup sec
Avec un nœud coulant, avait serré le Mec.

. . . .

Eh ben ! n'empêche pas, que pigé par un cogne
Qu'avait mouché le coup comme une sale rogne,
Natole, entortillé par un malin curieux
Fut assez empoté pour faire des aveux :
Si ben qu'trois mois après, l'matin à la Roquette,
Y crachait sa sorbonne à travers la lunette.

. . . .

Hamlet a suriné son beau-pèr' lui z'aussi :
Pourquoi donc qu'on l'a pas, comm' Natol', raccourci ?
Ah ! c'est à dégoûter d'obéir à son père :
Et depuis ce temps-là, j'laiss' turbiner ma mère !

Non !... vous savez, moi ça m'épate pas,
La machine à Mesieur Ambrois' Thomas !

CARMEN

Opéra-Comique en 4 actes

V'la comment je gobe les pièces :
On n'a pas l'temps d's'y bassiner ;
D'abord, c'est plein de chouett's gonzesses,
Qui pass'nt leur vie à s'buriner.
Pas la pein' d'aller en Espagne
Pour piger des marmit's comm'ça ;
A Pantin, moi j'en accompagne
Du côté d'la ru' du Delta,
Des travailleus's sur le cigare
Qui sont encor pus baths au pieu,
— Quoiqu'all's frott'nt pas de la guitare, —
Que Mam' Carmen et son Meusieu.
Tenez, moi, Nanuch' ma maîtresse,
Cell' qui m'fournit tous mes megots,
Avait montré quelque tendresse
A j'sais pus quel Marchi d'tringlots ;
Pourtant, Nanuch', c'est une tarpiaude
Qu'on fad' pas avec un lapin...
Enfin, y a pas ! c'tte grande nigaude
Casquait d'tout son p'tit Saint-Frusquin.
Remarquez que l'type, eun' grand' bringue
Pus c... qu'la lune en plein midi.
Etait rigolo comm' un' s'ringue,
Et pus poisseux qu'du suc' candi.

Moi, la terreur de la Villette,
Ça m'dégoûtait de voir Nana
Se fout' le dos dans l'eau d'toilette
Pour allumer ce serin là.
Si ben qu'un soir, à l'Elysée
— Pas chez Carnuch' pus chouett' que ça, —
J'dis à Nana : « T'es rien mus'lée
« De t'appliquer c't'emplâtre-là.
« Faut que t'aim's rien le jus d'tinettes,
« Oh ! la, la, la, la, la !... ma grand' sœur !....
« C'est pas l'batt'ment d'mes roufflaquettes
« Qui t'découdra la peau du cœur ! »
La goss', pour sûr, qu'est à la coule,
Me coll' un œil à fair' frémir !...

— « Voyons, qu'j'y dis, c'est pas c'tte moule
« Qui peut, le soir, te fair' plaisir ! »
All' m'avait vu r'froidir un pante ;
Et quoiqu' ej'sois pas Torero,
J'y avais r'mouché sa toquante
Chez un Mec au Trocadéro.
Et puis, j'avais des chouett's pantoufles,
Un as ed'cœur brodé dessus :
All' fit un signe et nos deux souffles
A pleines lèvres... mais... motus !
— « Allons, qu'j'y dis, prenons un verre,
« Et puis allons nous pagnoter ;
« Faut nous r'fich' les boyaux d'équerre,
« Si nous voulons bien turbiner.
« Maint'nant, viens en transpirer une :

« Te vas voir si j'sais clodocher ! »
Puis, sans sapin, au clair de lune,
Nous nous am'nons pour nous coucher.
Oh ! minc' !... v'là qu'on cogne à la lourde ;
C'est mon Joseph qui vient paumer.
Eh ben ! quoi donc qu'i veut c'tte gourde ?...
Attends mon vieux, j'te vas calmer !
Alors, sans faire plus d'histoire,
Comm' le tringlot v'nait d's'abouler,
Je m'enquillai dans une ormoire,
Qu'était tout près de not' pucier.
De suit' mon gas se la coul' douce...
Et quand j'vis qu'il avait fini :
Je lui donnai le coup de pouce,
Pour êt' venu dans mon garni.

. . . .

Mettez cette affaire en musique :
Et vous y verrez ça de bon,
C'est qu'on y surine la clique,
Et qu'on laiss' vivr' le bon garçon.
Nana fait toujours le cigare,
— Tandis qu'Carmen s'est fait crever —
Vous la trouv'rez près de la gare
De Montpernasse, en train de l'ver.

SAGE OU FOU ?

A mon ami J.-B. Lan.

C'est bien joli de dire avec un ton prud'homme,
Quand on me voit passer dans mon habit usé :
« C'est donc là, que le vice a conduit ce jeune homme !
« Bah ! c'est bien fait, en somme ! il s'est trop amusé ! .. »

Oui ! parbleu ! je me suis amusé ! je m'en vante !
Je me suis amusé comme vous l'eussiez fait
Si vous aviez trouvé vingt mille francs de rente
A vingt ans ; vous m'auriez imité, trait pour trait.

Si vous n'avez pas fait comme moi, — je le gage —
C'est que, pour la plupart, vous n'aviez pas le sou,
Ou que Papa, Maman vous disaient : « Sois bien sage !
Allons ! voilà cinq francs !.... mais ne fais pas le fou ! »

Je vous ai vus, Messieurs, qui raillez ma misère,
Sur le bord du trottoir, rangés modestement,
Regarder, envieux, par la porte-cochère,
Mes chevaux piaffer sous leur harnais d'argent.

Je vous ai vus aussi pleurer pour une femme
Que vos vingt ans en fleurs désiraient éperdus,
Lorsque je franchissais, le cœur tout plein de flammes,
Le seuil où la beauté vous laissait morfondus !

Vous consumiez alors votre belle jeunesse
En regrets étouffés, en plaisirs contenus ;
Le temps fuit, l'heure sonne, et voici la vieillesse :
Pauvres de souvenirs vous y serez venus.

C'est que tout votre argent, tous les trésors du monde,
Ne sauraient vous donner un matin de printemps,
Quand le soleil de mai, baisant la terre et l'onde,
Sourit joyeusement à vos joyeux vingt ans !...

C'est qu'il n'est qu'un moment pour « faire des bêtises »,
Puisque vous appelez l'indépendance ainsi..,
Et que ce moment-là, c'est le temps des cerises :
Et si vous l'ignorez .. je vous plains bien aussi !

C'est que quand on est vieux... pour mieux dire : plus jeune
Il est certains plaisirs qu'on ne peut plus goûter,
Et qu'il est bien naïf de s'imposer un jeûne,
Dont vos héritiers seuls, demain vont profiter.

Puis, ce n'est, quelquefois, pas mauvais la misère !
Trop de bien-être énerve et les sens et l'esprit :
Et l'on devient meilleur à son école amère
Où le bohême, hélas ! est souvent un proscrit !...

. . . .

Eh bien ! il m'en souvient, aux jours de ma jeunesse,
Aux derniers jours surtout, j'étais fort délicat ;
Et comme un vrai gourmand, ici, je le confesse,
    J'aimais beaucoup un petit plat.

Ah ! nous en avons bu, dans la villa coquette,
Des paniers de Champagne et de Château-Margaux !...
Et nous avons souvent, oubliant l'étiquette,
      Dégringolé sous les tonneaux !

Ah ! nous en avons fait un tapage effroyable !
Pendant dix ans et plus ! toujours gais, jour et nuit !...
Et j'ai plus d'une fois, ramassé sous la table
      Mes graves censeurs d'aujourd'hui !

. . . .

Mais tout cela s'efface, et devenu plus sage,
Je vais, sans espérer pour cela mon pardon,
Modestement manger, selon l'antique usage,
      Une friture au Bas-Meudon.

Sur le sable couché, tout au bord de la grève,
Je regarde la nuit, embrasser le ciel bleu...
Et je vois mon passé, bercé dans un doux rêve,
      Lentement remonter vers Dieu !

Paris 1880

A L'ARDOISIÈRE !

(Chanson)

Ej' suis eun' gouin' du Vieux Vichy,
J'y rigolais bien pus qu'ici :
Tout' p'tit' je m'en allais rosière
  A l'Ardoisière !

Ma mèr' blanchissait ru' d'Allier,
Pas loin du passag' Sandrier;
Ma tante était bonne à tout faire
  A l'Ardoisière !

Quand ej' grandis, j'vis des Anglais,
Des Russ's et puis des Polonais,
Qui trimballaient leur grenouillère
  A l'Ardoisière !

J'aurais bien voulu fair' comme eux,
Et vadrouiller avec des vieux,
Mais la tant' m'bottait le derrière
  A l'Ardoisière !

Les homm's !... ah ! c'que j'les ai gobés !...
D'puis les soldats jusqu'aux abbés !...
D'combien j'ai z'été la première
  A l'Ardoisière !

Quéqu'fois j'. m'en suis mordu les doigts,
Surtout avec le Vichynois,
Qui défit l'premier ma... jar'tière
        A l'Ardoisière !

Après, j'turbinai rue Burnol,
Chez Mam' Machin, à l'entresol,
Mais j'rêvais dans c'tte pétaudière
        A l'Ardoisière !

J'avais pus d'eun' corde à mon arc,
Le soir, j'faisais le Nouveau Parc,
Mais j'voulais fair' la noce entière
        A l'Ardoisière !

Je chahutais au Fatitôt,
Avec la blouse ou ben l'pann'tot :
Et j'leur s'y passais la croupière
        A l'Ardoisière !

Puis j'pris un tir aux Célestins ;
Pour démolir mes pauv's pantins
J'chargeais les fusils par derrière
        A l'Ardoisière !

Mais c'métier n'était pas fécond,
A tout coup, on mettait dans l'rond ;
J'aurais bien mieux fait ma carrière
        A l'Ardoisière !

Ensuite ej' tins un jeu d'toupie ;
Mais c'est ça qui vous estropie !...
Pus que d' fair' l'écol' buissonnière
     A l'Ardoisière !

Pensez !... mett' la ficell' dans l'trou
Chaq'fois qu'on vient pour jouer un coup !
Vaut mieux être une... irrégulière
     A l'Ardoisière !

Enfin, j'vas vous dir' quoi qu'y gnia :
J'vins loger boul'vard Victoria ;
Ah ! Dieu ! qu'y a loin de la Glacière
     A l'Ardoisière !

Au lieu d'Champagne, ej'bus du bleu,
Dam ! j'y trouvais pus d'un cheveu !
S'agissait pus de fair' sa fière
     A l'Ardoisière !

J'eus peu d'galette et beaucoup d'gnons,
Des... accidents, tous les guignons !
Moi qu'avais fait eun' noc' princière
     A l'Ardoisière !

Je n'ai gardé qu'mon gros matou,
Pus déplumé qu'un vieux coucou,
Lui ! qu'était l'roi de la gouttière
     A l'Ardoisière !

Mais c' qui m' dégoût' par-dessus tout,
C'est qu'mon pauv' chat n'a même pas d'mou,
Lui qui bouff' eun' lapine entière
      A l'Ardoisière !

Maint'nant, je ramass' des chiffons ;
Mais payez-moi quéqu's carafons :
J'offre eun' pris' dans ma tabatière
      A l'Ardoisière !

LEUR CANARD... IL EST MALADE !

Air : *Josephine !... ell' est malade !*

C'était réunion hier au soir
Tout le monde était dans la boîte,
Et rassemblés dans le saloir,
Ils cherchaient un' manière adroite
De se retirer du pétrin
Où les a mis leur suffisance ;
Alors j'ai fait cette romance
Vous chanterez tous au refrain :

> Leur canard !... il est malade !..
> Ah ! plaignez l'Anti-Pisteur !...
> Il est dans la marmelade
> > Et ça lui fait mal !
> > Et ça lui fait mal !
> Et ça lui fait mal au cœur !...

Queue-d'-Paille avait l'air tout navré
En feuilletant son livr' de caisse
Qu'il parcourait, désespéré :
« Ah ! disait-il, on nous délaisse !
« Nos clients ne veul'nt plus payer
« Pas mèch' de piger une annonce !...
« J'écris tout l'temps et pas d'réponse
« Je crois qu'nous pouvons nous fouiller !...

> Not' canard !... il est malade !.. *etc.*

« Nom d'un pisteur ! dit l'colonel,
« Faut pas lâcher comm' ça la rampe,
« Nous allons battre le rappel
« On verra si nous somm's de trempe ! »
Mais le Major restait tout blanc,
Totole était comme un' tomate
Et le disciple d'Hippocrate
Soupirait couché sur le flanc ;

Not' canard !... il est malade !... *etc.*

« Boug' de bougri ! dit l'Auvergnat,
« Ch'est i pochibl' que cha finiche !
« Je me chens tout escarbougna,
« Et je me retire à l'Hochpiche !
« Chans compter que j'suis bien fichu
« D'êtr' remerchié l'anna prouchaine...
« Ah ! jeanfoutris ! j'ai pas de veine
« Pour un chapoustra moustachu !

Not' canard !... il est malade !...
Ah ! plaignez l'Anti-Pichteur !
Il est dans la marmelade
Et cha lui fait mal !
Et cha lui fait mal !
Et cha lui fait mal au cœur !...

Le Jésuite alors se leva,
Mit sur sa tête une calotte,
En marmottant: *Alleluia !*
Tout en fouillant dans sa culotte ;

Il en sortit un goupillon,
Puis il fit le tour de la table,
Geignant d'une voix lamentable.
Le refrain de cette chanson :

    Not'canard ! .. il est malade ! *etc*.

Alors, on entendit au loin
Comme une rumeur grossisante,
Puis on vit débouler par l' coin
Le Peuple à l'allure puissante.
En tète marchaient les Pisteurs,
Qui rigolaient comm' un' baleine
Et qui chantaient à perdre haleine ·
. Avec la musique et les chœurs :

    Leur canard !... il est malade !...
    Ah ! plaignez l'Anti-Pisteur !
    Il est dans la marmelade
       Et ça lui fait mal !
       Et ça lui fait mal !
    Et ça lui fait mal au cœur !

BALANÇOIRES

A ménuit, après la retape,
Quand all's n'ont rien pu fair' casquer,
Pour trouver un' dernière étape
Et tâcher de s'faire embarquer,
Les Pingouin's aboul'nt leur bidoche
Et lèv'nt el coude d'un air fier,
Quoiqu' ell's n'aient pas un rond en poche
Comme l'a prouvé leur caisse, hier.

A la Brass'ri', moi, j'les observe,
Et j'lich un quart avec l'patron,
En attrapant un' vieill' conserve
Qu'a teint ses douill's couleur citron.
Le Mec répond : « Tais donc ta gueule
« Tu nous fais un pétard d'enfer
« Si tu continu's, je t'engueule
« Parce que j'ai fait ma caisse, hier ! »

« Qu'é que ça m'fout — que j'lui riposte —
« Tu sais bien que j'suis pas au sàc,
« Et qu'c'est jamais Ugèn' qu'accosté
« Eune fumell' qu'est dans le lac ! »
Mais lui, prenant un œil humide,
En s'enfilant un verr' d'Amer
Me dit, avec un air timide :
« Ugèn' j'ai vidé ma caisse, hier ! »

Moi, je remouche ousqu'il regarde,
Et dans l'comptoir voyant l'objet
Pâle et vanné, j'te le bombarde
D'eun' rouflaquette en pistolet.
La p'tit' rougit — c' que ça la change ! —
Alors au Mec, ej' dis : « Mon cher,
« Pour sur qu'all' perdrait pas au change
« Si j'avais rempli ta caisse, hier ! »

Mais lui voulant me chercher noise
Répond : « Mon vieux tu peux t'taper ;
« Ma caisse est couverte en ardoise :
« Les crapauds n'y peuv'nt pas monter »
« Va donc ! qu'j'y dis, tiens ! tu bafouilles !
« Comm' si, pas pus tard qu'avant-z'hier,
« J' t'avais pas vu sur deux guernouilles :
« Aussi, t'as dû fair' ta caisse, hier? »

« Tout ce boniment, c'est des blagues,
« C'est des histoires de brigands.
« Me dit le patron, tu divagues,
« Et je vais servir mes chalands.
« J'ai bien trifouillé la serrure,
« Avec ce que j'avais d'plus cher :
« J'ai renâclé dans la fourrrure,
« Et n'ai pu forcer ma caisse, hier ! »

COMME IL EST TRISTE DE VIEILLIR !

A l'ami C. BONNARD.

Sur mon front, les nuits et la fête
Ont posé leurs griffes de fer ;
Et lassé, je courbe la tête
Aux premiers frissons de l'hiver.
Je n'aime plus rien ni personne,
Et voudrais m'en enorgueillir :
Mais hélas ! mon vieux cœur frissonne...
Comme il est triste de vieillir !...

A l'heure où les lilas se pâment
Sous les doux baisers du Printemps,
Que les muguets de mai proclament
En lui brûlant leur pur encens ;
Moi, je trouve que la rosée
Qu'à chaque pas je fais jaillir,
Doit glacer la fleur arrosée...
Comme il est triste de vieillir !...

Plus tard, quand le soleil embrase
Les prés fleuris et les blés d'or,
Quand la nature est en extase,
Que tout sourit, tout aime .. ou dort ;
Dans les champs, lorsqu'on voit les filles
Aux bras des beaux gas, défaillir,
J'appelle tout ça des vétilles,...
Comme il est triste de vieillir !...

Et le soir, quand sous les étoiles,
Les amants s'en vont deux par deux,
Cachant sous les plus sombres voiles
L'égoïsme des gens heureux :
Je les regarde avec tristesse,
Mais mon cœur ne peut tressaillir
En voyant s'aimer la jeunesse...
Comme il est triste de vieillir !...

Et pourtant la « petite bête »
Aurait dû vivre plus longtemps ;
Elle avait l'âme d'un poète
Et la pureté d'un Printemps.
Une brute a brisé ses ailes,
De mon cœur rien ne peut jaillir ;
C'est un silex sans étincelles...
Comme il est triste de vieillir !...

UN PATRIOTE !

(MONOLOGUE)

———

Tiens !... Je vais vous dire une histoire
Qui se passa pas loin d'ici ;
Elle est véridique et notoire,
Et puis, du reste, la voici :

Gras et râblé comme un vieux carme
Délicieux vivait en paix ;
La vie était pleine de charme
Pour ce corroyeur très épais.
Il avait eu des anicroches,
Etant galant pour les Gothons :
Mais n'adressons pas de reproches
Aux amateurs de gros tétons.

Or, notre ami gobait sa bonne,
Et sut trop bien le lui prouver ;
Ces choses là, ça se pardonne ;
Qui pourrait le désaprouver ?
C'était une superbe rousse,
Mais qui transpirait sous les bras,
Et dam !... les rouges, ça repousse
Quand on respire leurs appas !

Cela ne fait rien à l'affaire ;
Le malheur, c'est qu'il fut pigé
Un beau soir par sa belle-mère,
Dans un indécent négligé.
Vous entendez d'ici la scène ;
Ça fit un énorme pétard :
Le gendre fut traité d'obscène,
De salaud, de porc, de paillard.

Enfin, ce n'était plus tenable,
Mais galant autant qu'amoureux,
Notre ami, trop peu raisonnable,
Prit un parti bien dangereux.
Il installa la Rousse en chambre,
Et se porta garant du bail ;
Puis les soirs, avec son bout d'ambre
Il fumait sa pipe au sérail.

Cela dura trois mois à peine,
Le proprio trop exigeant,
Prétextait des moments de gêne
Pour exiger son bel argent.
Aussi *Délicieux*, dans la pane
Ne pouvant pas donner un sou,
Dut lâcher tout net sa sultane
En agissant en vieux grigou.

Quand il fallut cracher la braise,
Il dit : « — Mais je ne vous dois rien !
« Et je me la tire à l'anglaise,

« Car j'ai toujours eu du maintien. »
Le Mac ne voulut rien entendre,
Et jusqu'au foyer conjugal.
A la vieille qui n'est pas tendre,
Il récita ce madrigal :

— « Si vous n'allongez pas le fade
« Qui m'est dû par *Délicieux*,
« Je vous procure une algarade
« Dont vos voisins seront heureux ! »
Il fallut bien se laisser faire
Et régler la forte addition ;
Mais notre homme, de cette affaire.
Eut une triste position.

Bassiné par sa belle-mère,
Qui lui reprochait son forfait,
Il trouvait l'existence amère
Et devenait pâle et défait.
Aussi, quand éclata la guerre.
Le premier, il fut s'engager,
Et comme nos aïeux, naguère,
Il jura de tout égorger.

Devant tant de patriotisme,
On le nomma sous-lieutenant ;
Mais il avait son rhumatisme
— Et ça, c'est un mal très gênant —
Pour aller faire l'exercice
A la Mairie ou bien ailleurs :

11

Et dans son lit, avec malice,
Il attendit des jours meilleurs.

Mais les Prussiens entraient en France,
Il fallait donc vaincre ou mourir ;
Tout bien pesé dans sa balance,
Le gas ne voulut pas partir
Quand on jeta dans la bagarre
Les Francs-Tireurs et les Moblots,
Notre homme alluma son cigare
Et dit : « Ces gens-là sont des sots ! »

Puis il alla pleurer misère,
Parlant de femmes et d'enfant :
Et je ne sais par quel mystère
On vit ce brave Lieutenant
Abandonnant son épaulette
Pour des sardines de sergent,
Manger chez lui sa côtelette,
Quand les autres bouffaient..... du vent !

Ah ! cette fois, c'était la bonne :
— Qu'ils y viennent, les Allemands ! »
Alors qu'à Nuits, le canon tonne,
Lui s'enfilait des lavements.
Mais le soir, en prenant l'absinthe,
Il allongeait ses favoris,
Pendant qu'au loin, sans une plainte,
D'autres mouraient pour le Pays !

Les pieds au chaud, cette ganache,
La pipe aux dents et l'air hautain,
Insultait, misérable et lâche,
Ceux qui crevaient faute de pain !
Andouillé dans son uniforme,
Des galons tout le long des bras,
Gavé, hideux, ivre, difforme,
Cela faisait des embarras !

— « Allons ! courons à la frontière !
« Soyons dignes de nos aïeux ! »
Hurlait, saoûl de fine et de bière,
Ce déserteur ignominieux.
— « Qu'ils viennent dans notre province !
« Qu'ils débarquent à Saint-Germain !
« Tenez ! moi tout seul, je les rince !...
« Ah ! nom de Dieu !... je pars demain !... »

On entendait les imbéciles
Se dire : « Ah ! quel brave sergent ! »
En regagnant leurs domiciles,
Pendant que d'un air négligent,
Il serrait autour de sa taille
La boucle de son ceinturon,
Et ne parlait que de bataille
De la trompette ou du clairon.

Quand tout à coup arrive un ordre :
« En route, les Mobilisés ! »
— Cette fois, il va pouvoir mordre,

Et les Allemands sont toisés !. .
Mais il pigea la diagonale
Et sut encor se faufiler
Dans la Garde Nationale :
Rien ne put le faire filer !

Et pour le coup, pris d'un beau zèle,
Cet innomable polisson,
Pour faire le soldat modèle,
Prenait une boule de son
Qu'il fixait sur un sac superbe
En peau de vache et cuir vernis.
Puis il allait courir sur l'herbe,
Pour s'entraîner !... Oui ! mes amis !

Tous les jours, de l'Hôtel de Ville,
Il faisait douze fois le tour :
Le Pays était bien tranquille,
C'était Lui qui veillait autour.
— « Allons ! gueulait-il, qu'on m'appelle !
« Je veux marcher aux Prussiens,
« On n'en trouve pas à la pelle
« Des gas pour corriger ces chiens ! »

Mais dégoûté de cette pose,
Un vieux lui dit, sans barguigner
— « Allons ! assez !... moi je suppose
« Que tu cours pour te mieux sauver ! »
— « Ça risque rien, va ! dit un autre,
« Pour se sauver il faut partir :

« Et ces cochons-là, ça se vautre
« Dans le fumier, sans en sortir. »

. . . .

Vous oubliez cela sans doute,
Français, qui, pensifs, me lisez :
Elle est déjà loin la déroute :
Les crimes sont légalisés.
D'autres pourtant se ressouviennent ;
Ce sont les morts dans leurs tombeaux,
Songeant aux déserteurs qui viennent
Comme au carnage, les corbeaux.

Eh bien ! au seuil de la Mairie,
L'autre jour, je l'ai vu passer :
Il avait la mine fleurie
De celui qui sut amasser.
Mais quand il fut devant la pierre
Où sont écrits les noms des morts
Pour le Pays, pendant la guerre,
Je vis resplendir au dehors,

Pour nous rappeler cette histoire,
Les noms des enfants de Vichy :
Et j'entendis dans la nuit noire
Qu'ils criaient : « Lâche !... hors d'ici !... »

LA MAISONNETTE VENDUE

A mon ami A. MALLAT.

Un jour que je passais, traînant la lassitude
Que vous laisse toujours un orageux passé,
Je me laissai charmer par l'air de solitude
De cette maisonnette au pignon surhaussé.

C'est qu'elle était, ma foi ! très gentille et discrète
Avec ses grands murs blancs qu'argentait le soleil !
Sa pelouse et la source où la fleur se reflète,
Où les oiseaux venaient boire dès leur réveil !

Ah ! ce n'étais pas grand ! Mais je me dis qu'en somme
Plus le nid est petit, plus il est chaud surtout ;
Que Dieu ne donne pas tant de bonheur à l'homme
Qu'il lui faille un palais pour en trouver le bout !

Alors, pendant deux ans, oubliant toutes choses,
Je vécus, sans compter, amoureux, un peu fou,
Effeuillant ma jeunesse... effeuillant quelques roses...
Et cela dura tant que j'eus encore un sou !

. . . .

Puis vint le dernier soir ; la veille de la vente...
Nous étions tous les deux dans le petit salon !...
Elle pleurait tout bas..... et dehors la tourmente
Hurlait sinistrement au souffle d'Aquilon !

Dans le foyer glacé, jetant une étincelle,
Un morceau de bois mort fumait en s'éteignant...
Et son éclair rougi, brodait une dentelle
Qui, pareille au bonheur, ne vivait qu'un instant.

. . . .

Le lendemain matin, la grille fut ouverte,
Et le premier venu pût pénétrer chez nous !
Ecraser sous ses pieds et la pelouse verte,
Et mes rosiers du roi dont j'étais si jaloux !

Je vis de main en main, circuler ma jeunesse
Dont chaque objet vendu me semblait un morceau
Dans l'ombre éparpillée, à travers cette presse,
Qui pour dix ou cent francs en voulait un lambeau !

Je m'accoudai tout seul, au bord de la fenêtre,
Pour suivre encor de l'œil les bibelots chéris ;
Un sanglot déchirant soulevait tout mon être,
Et je crus que mon cœur s'en irait en débris !

« Cent francs, le vieux bahut ! quinze francs la soupière ! »
Hurlait d'un ton banal, un crieur aviné ;
« Cent sous, le cache-pot ; c'est vingt francs la rapière !
« Allons ! décidez-vous ! vrai, Messieurs ! c'est donné ! »

. . . .

Lorsque tout fut vendu, la cour resta déserte,
Mais le jardin souillé semblait porter le deuil...
Et le grand marronnier, courbant sa tête verte,
Inclinait son branchage et balayait mon seuil !...

J'embrassai du regard cette maison charmante,
Pleine des souvenirs de mes jours d'autrefois.....
Et d'un pas ferme et lent, je le dis.. et m'en vante !
Je franchis mon portail pour la dernière fois !.....

Vichy, 1879

A PROPOS D'UN CANTIQUE

Vous me demandez, chers Messieurs,
De vous envoyer mes « *cantiques* »
Qu'avec vos talents supérieurs,
Vous dites aristocratiques ;
Vous me feriez aussi l'honneur,
Si j'en dois croire votre prose,
De les offrir comme primeur,
Dans votre feuille à peine éclose.

Je suis très sensible vraiment
A cette offre toute charmante,
Mais j'y vois un inconvénient.
Et, vrai, cela me désenchante.
D'abord, c'est en quatre-vingt-sept
Et non avant, que mon « *cantique* »
Fut livré, là-bas, à Cusset,
Où quelqu'un le mit en musique.

Puis, j'en suis désolé, ma foi,
Mais je ne peux vous satisfaire ;
Et je vais vous dire pourquoi :
Malgré mon désir de vous plaire.
De mon Rédacteur parisien,
Vous relatez les poésies ;
Mon « *cantique* » ne serait rien,
Si bien vous les avez choisies.

Pensez ! quand vous aviez le choix
Dans une œuvre un peu libertine,
Vous vous fixez, esprits gaulois,
Sur le couplet à « la plus fine ! »
Cela c'est affaire de goût.
— Ne voyez là rien d'ironique —
Mais, las ! je n'en ai plus du tout :
Attendez donc que j'en fabrique !

CHANSON

AIR : *Au Dieu d'Amour il n'est rien d'impossible.*

A mes amis les Typographes de Vichy et de Cusset.

Je ne viens pas, Messieurs, *visser un ours*,
Ni vous raser trop longtemps, je l'espère :
Je vais tâcher, et cela sans discours,
De célébrer notre union prospère.

Si parmi vous se trouvent des *pioceurs*
Qu'ils veuillent bien ici *sauver la mise.*
Car, entre nous, nous sommes tous noceurs,
Et la bonté sied bien quand on se grise !

Je ne crois pas que mon air soit bien neuf,
Mais il va bien pour vous *faire des sortes*
Si vous alliez, amis, *manger du bœuf,*
Vous auriez tort, mes blagues sont pas fortes.

Si par hasard, je *faisais un doublon,*
Prenez-vous en à cette *forte barbe*
Qui, par Bacchus, nous pend tous au menton
Qu'on rasera demain à la rhubarbe !

Je vais chanter les typos, les patrons
Car ce sont tous des gens *de caractère,*
Comme ils ont bu cinquante bons litrons,
Leur jugement sera bien moins sévère.

Le *Champagne a* pour eux beaucoup d'attrait
Chassons par lui les sentiments moroses
Au grand *Soleil*, absorbons-le d'un trait
Buvons amis! en effeuillant les roses!

Ne faisons pas cependant du pétard,
Culottons-nous, mais n'allons pas trop vite ;
Méfions-nous bien de faire *le renard*,
Ça peut venir, surtout après la cuite.

Restons *serrés*, soyons toujours unis,
On *verra bea*, si nous sommes d'attaque.
Que les gêneurs, loin de nous soient bannis !
Quel est celui d'entre vous qui *me laque ?*

Trinquons donc tous, et trinquons à l'envi,
Fêtons le vin et l'amour des penelles,
Non loin de moi, ne vois-je pas *Lévi*
Qui se redresse en pensant aux *fumelles !*

Patrons, typos, amis du guilledou,
Jeunes ou vieux, vous adorez la femme,
On vous dira : Jamais *Simon fut mou*
Imitez-le ! surtout avec Madame !

Mais nous avons un autre favori
De Cupidon, un adoré des belles !
Faut-il vous dire enfin qu'il est *chéri*
Et qu'il a fait tourner mille cervelles !

N'avons-nous pas le célèbre *Léon*
Un membre illustre, ami de la bouteille ;
A son émule il dit : *Anacréon !*
Enivrons-nous ! le vin blanc fait merveille !

Mais j'ai bien peur d'avoir fait *un mastic*
Aussi, je vais vite *fournir des palles*,
Si vous *piocez*, ce ne sera pas chic,
Car je devrai regagner mes pénates.

Si vous voulez avec moi *faire un bœuf*
Dépêchons-nous, allons ! *faisons la pige*
Je vous l'ai dit, mon air n'est pas tout neuf,
Et je craindrais qu'il ne vous désoblige !

Dans mon cerveau, chahute mon grelot
C'est épatant, comme on se soûle vite !
Et cependant, tous nous avons *Bulot*
Saluons-le, ce lutteur émérite !

Excusez-moi, j'ai pas de *cadratin*
Je l'ai laissé l'autre jour chez ma tante ;
Il était neuf et d'un très beau satin
Il me coûtait quatorze francs cinquante !

Aussi je viens chez vous en négligé,
Et sans façon pour *piger vos vignettes*
Si l'un de vous se trouvait trop changé
Il devrait bien me payer des lunettes.

J'ai turbiné, Messieurs, tant que j'ai pu
Pour rappeler ici notre langage ;
Et maintenant que je suis bien repu
Nous n'allons pas *avoir un attrapage.*

Saluons donc la Presse en général,
Fêtons amis ! sa future alliance ;
A l'*Avenir !* au *Petit Libéral !*
Dont la devise est : Honneur et vaillance !

A vous Typos, nos collaborateurs,
Intelligents soldats de nos pensées,
Je bois à vous, énergiques lutteurs,
A vos succès, à vos gloires passées !...

Allons, c'est bon ! J'ai *trop vissé mon ours*
Et je crains bien d'avoir une *tapance*
Que voulez-vous ? ce n'est pas tous les jours
Que les amis, nous font une *roulance !*

Il en sera ce qu'il vous conviendra,
Mais je vous dis et vous pouvez le croire,
C'est que jamais, cet homme-*là s'taira*
Pour célébrer les typos et leur gloire !

MYOSOTIS

(Chanson)

Dès le matin, quand ta tête se penche
Sur l'onde pure admirant tes yeux bleus,
Myosotis, frère de la pervenche,
Tu te blottis, mignon petit frileux,
Jusqu'au moment où la bergeronnette
D'un coup de bec en ton calice pur
Boit, en disant sa douce chansonnette
La goutte d'eau qui baigne ton azur.

L'oiseau parti, tu fixes dans l'espace
Ton œil charmant à la prunelle d'or :
Cherches-tu donc, bleuet des eaux, la place
D'où tu tombas un soir de thermidor ?
Non, moi je crois que tu cherches l'étoile
Qui t'a là-haut, remplacé dans les cieux,
Lambeau d'azur dont la chute dévoile
Un coin béni du séjour des heureux.

Quand vient le soir, et que dans la nature
Tout s'assoupit jusques au lendemain ;
Quand on entend à peine le murmure
Du clair ruisseau, qui se perd au lointain ;
Toi, de nouveau, penchant sur lui ta tête,
Au flot qui court, tu soupires tout bas,
Pendant qu'en lui ton ombre se reflète :
« Si vous m'aimez, ah ! ne m'oubliez pas !... »

Vichy, 1887.

ET DU PAIN ?.....

A mon vieil ami G. PATROGNET.

Y sont rien crevant, les borgeois
Qui s'tienn't au chaud dans des mitaines,
Pendant qu'moi j'souff' sur mes dix doigts,
En m'rinçant la gueule aux fontaines.
Y m'tois'nt avec un air hautain,
Quand je ramass' des bouts d'cigares
En ouvrant les portièr's, aux gares...
     Et du pain ?...

L'aut'soir ej'tomb' sus deux vieux muff's,
Avec des pann'tots en fourrure :
Y z'avaient l'air d'chercher des truff's,
A les juger sur leur figure ;
L'pus vieux, espèc' de sacristain,
M'donne un billet pour eun' cocotte ;
J'aim' pas ça ! mais..... faut que j'boulotte !.....
     Et du pain ?...

Les aminch's dis'nt que j'sens mauvais,
Que j'pu' des pieds, et mêm' d'aut' chose,
Enfin !... on me trait' de punais :
Pour sûr èque j'sens pas la rose !
Déd'quoi ?... Moi !... faut qu'j'aille prendre un bain ?...
Moi !... fout' dix ronds dans eun' baignoire !...
J'ai pas l'moyen de fair' ma poire !...
     Et du pain ?...

Des fois, j'ai voulu travailler ;
Quand je m'am'nais dans eun' usine
Pour tâcher de me débrouiller,
L'patron m'plaquait rien qu'sur ma mine.
Alors, ej' me suis mis forain ;
J'ai figuré dans les massacres,
Et r'mouché l'crottin sous les fiacres....
                Et du pain ?...

Gn'ia quéqu' temps, l'grand Ugén' me dit :
— « Toi !... t'es encor el pus chouett' pantre !
« Au lieur d'bouffer ton appétit,
« T'aim's mieux t'brosser c'qui t'sert de ventre !
« T'as un surin !... et puis, t'as faim ! ..
« Viens donc turbiner dans la sorgue !... »

. . . .
Et, l'matin !... Deux d'pus à la Morgue !...
                Et du pain !...

On m'a choppé : c'était prévu ;
Et d'puis un mois, à la Roquette
J'attends, pac'que je m'suis pourvu,
Pour pas r'garder dans la lunette.
J'vas y passer, ça, c'est certain !
Pourtant, faut pas croir' qu'ça m'émeuve :
Moi ? .. j'y demand'rais, à la Veuve :
                Et du pain ?...

13.

AU MINISTÈRE

Air : *A Saint-Lazare*

C'est de ma piôl' que je t'écris
   Mon p'tit Ugène,
Si t'm'entendais pousser mes cris,
   T'aurais d'la peine !
Tu sais que j'suis un bon garçon,
   Par caractère ;
Mais on me trait' trop sans façon
   Au Ministère !...

Quand je construisis l'Hôpital,
   C'tte chouett' boulette,
Je m'étais donné tant de mal,
   Qu'j'eus d'la galette ;
On m'avait promis le ruban ;
   Par quel mystère,
Je ne vis venir que du flan,
   Du Ministère !...

Pourtant j'ai toujours turbiné,
   Ça, c'est typique,
J'n'ai loué, pauvre infortuné,
   Rien à l'*Epique !*
J'ai fait les écol's, l'champ de foire,
   Le Presbytère :
On m'envoie à la balançoire
   Au Ministère !...

L'hiver dernier on m'avait dit :
   « Prenez patience,
Faites-nous six mois de crédit. »
   J'eus confiance.
Et j'débinais partout, ma foi,
   En homme austère,
Les vertus de très bon aloi
   Du Ministère !...

Pour le quatorz' j'm'éta's fait fair'
   Un' bell' redingue,
Dans laquelle j'avais bien l'air
   D'un vrai Badingue;
Sus' son r'vers on voyait bailler
   Eun' boutonnière,
Qu'ils n'ont jamais voulu boucher
   Au Ministère !...

Ah ! si c'était du temps d'Wilson,
   Avec d'la braise,
Pour terminer cette chanson
   Je s'rais à l'aise.
Après eux, j'ai beau me coller
   Comme un cautère :
Y ne veul'nt pas me décorer
   Au Ministère !...

Pourtant, j'ai fait tout c'que j'ai pu
   Sous la Boulange,

Et pour Ernest j'ai combattu
    Comm' un p'tit ange.
P't'être ben qu'ils le sav'nt là-haut :
    On m'déblatère,
Et que je recevrai d'la peau
    Du Ministère !...

Ma foi, tant pis ! je vais m'coller
    Un œillet rouge,
Et je me charge d'engueuler
    L'premier qui bouge ;
J'ai toujours gobé Boulanger
    Y a pas d'mystère :
C'est d'ça qu'y z'ont voulu s'venger
    Au Ministère !...

Mais, dis, s'pas ? qu'c'est bien dégoûtant
    Mon p'tit Ugène
De toujours s'taper, et pourtant,
    Quel phénomène !
J'n'ai jamais eu de décoré
    Que mon s'crétaire !
Mais ce fait était ignoré
    Au Ministère !

PIERRE DANLESIAU.

RÉPONSE D'UGÈNE

Si tu tiens à boucher le trou
    Mon petit Pierre,

Que tu t'fis percer, tu sais où :
  C'est ton affaire ;
Plac' Beauveau, pourquoi t'adresser
  Pour un clystère :
Ça n'peut pas les intéresser
  Au Ministère !...

A S. A. LE GRAND DUC ALEXIS

(lors de son arrivée à Vichy (Août 1891)

Muré, mystérieux dans sa toute puissance,
Maître de ses sujets et de leur conscience,
Autocrate absolu, civil et religieux,
Le pied touchant la terre, et la tête, les cieux,
Un homme, presqu'un dieu, dans notre vieille Europe
Attire nos pensers ; comme l'héliotrope
Qui ne s'épanouit qu'aux rayons du soleil,
Nous cherchons dans son œil le signal du réveil
De la Gaule amoindrie ; et vers les champs d'Alsace,
Par une affinité de pays et de race,
Nous fixons des regards pleins d'amour et d'espoir ;
Car si cet homme veut — et vouloir, c'est pouvoir, —
Il te rendra tous ceux qui te pleurent, Patrie !
Il te rendra ta chair, ô ma mère meurtrie !
Toi, qui depuis vingt ans, dans tes voiles de deuil,
Attends un nouveau Christ pour tirer du cercueil
Tes fils germanisés d'Alsace et de Lorraine,
Dont nous gardons les cœurs..... dont *ils* gardent la haine !
. . . .

Et moi, qui ne suis rien qu'un obscur rimailleur,
Je me prends à rêver un avenir meilleur,
Un bouleversement terrible, formidable,
Que je sens arriver, fatal, inéluctable,

Lorsque je vois le Czar pensif et bienveillant
S'associer, de cœur, à son peuple vaillant
Qui vient, dans un élan sublime et magnifique,
De tendre les deux mains à notre République !
Qu'on accuse à présent les Révolutions,
De séparer toujours les grandes Nations !
C'est chez le souverain le plus autoritaire
— Mais dont les ascendants ont fort aimé Voltaire —
Que la France a placé son plus solide espoir ;
C'est par lui qu'elle espère — et cela bientôt — voir
De l'Est à l'Occident, le Gaulois et le Slave
Librement alliés, se tendre sans entrave,
Au grand jour et sans peur, leurs fraternelles mains,
Cela dût-il blesser nos vainqueurs, les Germains !

. . . .

Je regardais hier, un portrait du Monarque :
Son œil pensif et dur, sous le sourcil qui s'arque
Sur un front élevé, sans ride, intelligent
Semble considérer impassible, indulgent,
La pauvre humanité que de haut il domine ;
Tel un aigle au repos, regarde la vermine.
Et je cherchais pourquoi ce Maître tout puissant,
Abandonnant des Rois le cercle éblouissant,
Tendait sa large main du côté de la France
Pour sceller avec elle un traité d'alliance.
Sur la lèvre hautaine et dans l'œil grand ouvert
D'Alexandre le Czar, j'ai vite découvert
Le souvenir vivant de la morgue autrichienne,
Des lazzis essuyés par Souvarow à Vienne,

Des abus effrayants des Russes-Allemands
Exploitant son Etat comme de vrais brigands ;
J'ai lu dans son regard profond, énigmatique,
Qu'il suivait ardemment la sourde politique
Des Anglais le visant là-bas, en Orient,
Et j'ai compris alors, combien impatient
Il était, l'Empereur, de donner à l'Empire :
La Revanche !..... C'est là ce qui pour nous l'inspire ;
Et c'est ce but commun qui nous donne aujourd'hui
En Alexandre trois, un immuable appui.
Mais avant l'Empereur, jadis, il fut un homme :
C'était le Czaréwitch ; c'était un gentilhomme
Et de cœur et d'esprit, qui ne voulut jamais
Lorsqu'ils étaient battus, insulter les Français !
Alors que de partout on nous jetait la pierre,
Que Guillaume, vainqueur, nous tenait dans sa serre,
Que les Italiens, lâchement, ricanaient,
Que les Anglais prudents, sagement, attendaient ;
Lorsqu'on se demandait, dans l'Europe étonnée,
Si l'heure de la France était ou non sonnée,
Saluant la Patrie et ceux qui n'étaient plus,
L'Empereur d'aujourd'hui dit : « Honneur aux vaincus ! »

ENVOI

Monseigneur, vous venez dans notre belle France
Entouré de respect et de reconnaissance ;
Car nous nous souvenons que jadis, malheureux,
Votre frère le Czar, fut pour nous généreux.
Et nous nous rappelons l'accueil enthousiaste,

Effaçant à jamais une époque néfaste,
Que vous venez de faire à nos concitoyens.
Quand nous ne serons plus, tous les historiens,
Parleront longuement de vous, de votre vie ;
Puissent-ils relater, c'est cela que j'envie,
Altesse, en constatant votre présence ici,
Que c'est en Bourbonnais, dans notre vieux Vichy,
Que s'est faite à jamais l'amicale alliance
De nos deux grands Pays : La Russie et la France !

AU REVOIR !

A Mlle DE LAFONTAINE
l'excellente interprète de cette poésie, ·
à Eden-Théâtre. Septembre 1891

Lorsque septembre en feu, dans les apothéoses
De ses soirs embrasés, fait se pâmer les roses,
Arrachant aux bouleaux d'argent des larmes d'or
Qui coulent sur les près tout verdissants encor ;
Quand, sous l'azur profond, les troupes d'hirondelles
Dans un dernier adieu qu'elles chantent entr'elles
Disparaissent là-bas, sur le coteau vermeil,
Pour retourner s'aimer au pays du soleil,
Les artistes aussi, ces oiseaux de passage,
Dont vous avez souvent applaudi le ramage,
Vers de lointains pays, demain vont s'envoler :
Je crois que cela va, Messieurs, vous désoler ;
Vous êtes trop polis pour dire le contraire,
Et vous avez, à ceux qui surent vous distraire,
Prodigué tant de fois les bravos et les fleurs,
Que vous les jetterez cette fois, à nos Chœurs.

— « Le mauvais jeu de mots de la part d'une femme,
Dites-vous ? » — Eh ! non pas, Monsieur ! non pas, Madame !
Ces modestes soldats ont leur droit au succès ;
Ils luttent comme nous ; n'est-ce pas un excès
De nous applaudir tous, ténor, baryton, basse,

Chanteuse et dugazon, sans faire au moins la grâce
D'un rappel, d'un bouquet, à nos braves amis ?
Allons ! là, franchement, cela n'est pas permis !

. . . .
Je crois que je m'oublie à soutenir leur cause,
Et c'est bien vainement que devant vous je cause,
Puisqu'en nous apportant votre amical appui,
Vous leur rendez justice... au moins pour aujourd'hui !

. . . .
Mais, moi je suis coupable ici de négligence,
Car je dois, avant tout réclamer l'indulgence,
Non seulement, Messieurs, pour le déclamateur,
Mais encore, et surtout, Mesdames, pour l'auteur.
Si par hasard — qui sait ? — nous avions su vous plaire,
Le seul et vrai plaisir que vous puissiez nous faire
Serait de nous répondre à tous les deux, ce soir
Lorsque nous vous disons : Adieu ! — Non !... Au Revoir!...

COMME LA LUNE !

(Ballade)

Par un après-midi d'hiver,
La lune, sur un gros nuage
Ecoutait pérorer, l'air fier,
Notre épatant Aréopage.
« Ah ! dit un membre, en plein midi,
« A son balcon, voyez la Lune ?
« Oui, répondit un dégourdi,
« Hôte de la Maison commune,
« Mais, pourquoi diable, mon garçon,
« Sommes-nous donc sur le balcon
    « Comme la Lune ? »

Puis la musique déboula
Pour le régaler d'une aubade ;
L'Aréopage se gonfla
Sous le vent de la sérénade.
C'était vraiment crevant de voir
Devant notre Maison commune,
Gantés, et tous vêtus de noir
Sous le disque blanc de la Lune,
Qui se mirait dans leur tromblon,
Nos dirigeants sur le balcon
    Comme la Lune.

Alors, on vit dans l'escalier
Dégringoler toute la clique
Qui s'arrêta sur le palier
Pour mieux savourer la musique.
Mais ce ramassis de crétins
Dégoûta tellement la lune,
Que pour ne plus voir ces pantins
Devant notre Maison commune,
Phébé rentra dans son salon
Et les laissa sous leur balcon
      Comme la Lune !

Enfin, quand finit le morceau
Qu'ils avaient écouté, l'air bête,
Chacun retira son chapeau
Afin de mieux montrer sa tête ;
Mais tout le monde s'y trompa
Devant notre Maison commune,
Et quelqu'un que cela frappa
Leur dit en leur montrant la lune :
« Remettez votre pantalon ;
« Vous êtes trop sous ce balcon,
     « Comme la Lune ! »

CHANSON

(Air connu)

Depuis seize ans, à la Mairie,
Il a passé des magistrats,
Curieux par la bizarrerie
De leurs drôles triumvirats.
Le patron et ses deux vicaires,
Au fond, n'ont presque pas changé,
Et le roi des apothicaires
En partant n'a rien dérangé :

Potard était roi, Robich était reine,
    C'n'était pas la peine,
    C'n'était pas la peine,
Non, pas la peine assurément,
De changer de gouvernement !

Potard était un homme sage,
Qui n'eut qu'une seule ambition :
C'était de changer le barrage
Pendant son administration.
Mais Robich était plus terrible,
Et du temps de la Réaction,
On dit que cet homme irascible
Fit des listes de proscription :

Potard était roi, Robich était reine,

C'n'était pas la peine,
C'n'était pas la peine,
Non, pas la peine assurément
De changer de gouvernement !

Deux ans après, la République,
Triomphant de ses ennnemis,
Rendait au Cercle catholique,
Potard ainsi que ses amis.
On se dit qu'avait sonné l'heure
Qui nous donnait la liberté :
Sans que la chose fut meilleure,
Nous changions de royauté :
George est le roi ; Suffisance est sa reine,
C'n'était pas la peine,
C'n'était pas la peine,
Non, pas la peine assurément,
De changer de gouvernement !

Prodigue de l'argent des autres,
Mais très chien de son capital,
Pour les siens, mais pas pour les nôtres,
Il construisit un hôpital.
Pendant dix ans, il fit des gaffes
A désespérer Calino :
Et ce fabricant d'épitaphes
Grava celle du Casino :
George est le roi, la bêtise est sa reine,
C' n'était pas la peine,
C' n'était pas la peine,

Non, pas la peine assurément,
De changer de gouvernement !

Aujourd'hui qu'il est en voyage,
On veut toujours nous bassiner,
Sous prétexte qu'il n'est pas sage
A minuit de vouloir dîner.
C'est quelque chose d'incroyable,
Et qu'ailleurs on ne vit jamais.
Que voulez-vous ? c'est pitoyable
Et tout le monde s'en plaint, mais :
George est le roi, la routine est sa reine,
        C'n'était pas la peine,
        C'n'était pas la peine,
Non, pas la peine assurément.
De changer de gouvernement !

Heureusement que l'échéance
Va tomber au premier printemps,
Et que le tyran a grand'chance
D'avoir pour toujours fait son temps.
Le Peuple règlera l'affaire,
Intérêts avec principal,
En remerciant Môsieur le Maire
Et son Piquet municipal :
Le Progrès sera roi, l'Equité sera reine,
        Ça vaudra bien la peine,
        Ça vaudra bien la peine,
Oui, bien la peine assurément
De changer de gouvernement !

AU PUBLIC

Je ne crois pas que je me trompe,
En te prédisant avec pompe
Dans ce journal, à son de trompe
Un grand succès ou je me trompe,
Pour la Société des Trompes
Ne me dis pas : « Non ! tu te trompes !
« Je n'admirerai pas les pompes
« De la Société des Trompes ! »
« Eh bien ! c'est cela qui te trompe,
« Et le programme qui s'estompe
— Je ne veux pas qu'on m'interrompe —
« A la page deux, te détrompe.
« On n'est pas trompé par les Trompes
« Mais on est charmé par leurs pompes,
« Et sans peur que tu te corrompes,
« Assiste à la Fête des Trompes.
« Sans cela, si par une trompe
« Tu te trouvais trompé, sans pompe,
« Trop tard, tu dirais : « Ça détrompe
« De n'avoir pas aimé la Trompe !... »

LE PARFAIT SONNEUR

Je vais chanter, Messieurs, si vous le permettez
Les nobles qualités d'un bon sonneur de trompe ;
Mais je puis me tromper, cela vous l'admettez :
Celui qui ne fait rien, seul, jamais ne se trompe ;

D'abord, il faut avoir un très chic instrument
Solide et bien en main, d'une noble cambrure,
Si l'on veut s'en sevir victorieusement,
On doit être muni d'une bonne embouchure.

Puis il faut moduler des sons filés et doux
Souvenirs des grands bois, où le jeune cerf brâme :
Cela fait enrager plus d'un mari jaloux,
Mais cela fait aussi tant plaisir à sa femme !

Il faut même savoir inspirer la terreur
Par des éclats de cor tonitruants, horribles,
Qui d'un drame effrayant font ressentir l'horreur
Dans les expansions de *clefs de fa* terribles !

Ensuite l'on revient au morceau langoureux ;
C'est là qu'il faut avoir et du cœur et de l'âme,
Pour tirer de son cor les soupirs des heureux,
Sans encourir jamais le moindre petit blâme !

Et c'est là que j'envie et que j'admire encor
L'heureux exécutant qui rend si bien sa flamme
Avec son instrument ; même en donnant du cor
Je vois autour de lui, la beauté qui se pâme,

C'est plus que naturel, car bien discrètement
Dans son harmonieuse et brillante harangue,
L'artiste a pu produire, et très éloquemment,
Un digne échantillon de son pur coup de langue.

. . . .

Je crois avoir chanté les grandes qualités
Que possèdent chez nous les amateurs des « Trompes » :
Et vous êtes d'ailleurs, ici tous invités
A vous en assurer à la Fête des Trompes.

C'EST LA CHANSON

Quand la vieille gaîté française
Qui fit votre force, ô Gaulois !
Sera plus triste qu'une Anglaise
Et plus lourde qu'un Bavarois,
Qui donc fera vibrer votre âme,
Qui lui donnera le frisson
Qui tord le cœur et qui l'enflamme ?...
   C'est la chanson !...

Hélas ! dans ce siècle de lutte
Où, pour manger, l'homme se mord,
Où tous, roulant de chute en chute,
Nous insultons jusqu'à la mort ;
Qui donc, réveillant l'Espérance,
Au mois où chante le pinson,
Dira : « L'Alsace est à la France ! .... »
   C'est la chanson !...

Quand, nous, pauvres diables, poètes,
Nous farfouillons notre cerveau
Pour aligner des rimes bêtes
Sur un canevas peu nouveau ;
Qui nous console et nous caresse,
Qui donc se fait notre échanson
Pour nous noyer dans son ivresse ?...
   C'est la chanson !...

Et quand les nobles et les riches
Avec les lois ou leurs écus,
Des deux ne se montrant pas chiches,
Nous disent : « Malheur aux vaincus !. ... »
Qui donc, leur montrant une glace,
Répond : « Voyez votre écusson :
Vaincus !..... Vous les portez de *fasce !*... »
C'est la chanson !...

A LA GLACIÈRE !

All' habitait près du Sichon,
All' s'appelait la p'tit' Nichon,
All' mich'tonait là-bas, derrière,
   A la Glacière !

All'était vraiment bath au pieu,
J'pouvais jamais l'y dire adieu,
Quand all' se cardait la crinière
   A la Glacière !

Dans l'temps que j'étais tout petit,
Nous ramassions du pissenlit ;
On l'appelait : la bell' Rosière
   A la Glacière !

Sa maman lui collait des paings,
Quand all' rappliquait les lendemains
Après avoir liché son verre
   A la Glacière !

Quand all' fut grand', dans la saison,
All' fréquentait la garnison
Tout autour de la pissotière,
   A la Glacière !

Ensuite all' travailla dans l'blanc,
All' blanchissait depuis un franc,
Jusqu'y compris eun' rou' d' derrière
          A la Glacière !

C'est ell', je l'ai vu bien des fois,
Qui sur les ch'mis's mettait l'empois :
De son métier elle était fière,
          A la Glacière !

Mais v'là qu'elle a pigé du mal;
Et qu'on l'a mise à l'hôpital :
Y'en a comm' ça eun' pépinière,
          A la Glacière !

All' vient d'rentrer toute esquintée
Dans eun' maison numérotée :
All' travaill' dans la boutonnière,
          A la Glacière !

Son patron est très comm' y faut,
Il la paye aux pièc's et lui chaud !
Pac'qu'elle est bien foutu' d'rien faire
        · A la Glacière !

Moi, j' l'ai plaqué', vous pensez bien !
Quand èj'turbin', c'est pas pour rien :
J'y ai dessoudé la caf'tière,
          A la Glacière !

SPES !

F arouche et solitaire en refoulant ses larmes,
R êvant un avenir consolant et meilleur,
A près l'effondrement, attentif et songeur,
N otre pays conquis dut reforger des armes,

C hercher dans le silence à venger ses soldats,
E t préparer dans l'ombre un grand jour de revanche.
E n voyant ses vainqueurs, les deux poings sur la hanche,
T orturer les vaincus de glorieux combats,

R ire de nos malheurs en volant nos pendules,
U ne haine sans fin, fille ne nos douleurs,
S ur la Patrie en deuil a semé des vengeurs,

S 'inspirant du dédain des casques à canules
I mitateurs à froid des antiques Hérules :
E t dans tout le Pays l'espoir naît dans les cœurs !

ET PUIS... APRÈS ?

A l'ami C. Bougarel.

Je crois avoir passé par toutes les souffrances :
Aujourd'hui même encore, j'en subis les progrès :
J'ai connu la misère et ses désespérances
      Et puis !... après ?

Je n'avais pas deux mois ; la mort me prit ma mère ;
Tous les deux ans je vais rêver sous les cyprès
Qui gardent son tombeau : ma douleur est amère ! ..
      Et puis !... après ?

J'aimais ; je fus trahi : c'est la commune histoire !
Je crus devenir fou !... je brûlai ses portraits
Honteusement souillés, j'insultai sa mémoire !...
      Et puis !... après ?

J'avais un vieil ami... que dis-je ?... presqu'un frère !
Il semblait que le sort nous eût créés exprès
Pour vivre tous les deux... Il dort au cimetière !...
      Et puis !... après ?

Soldat et presqu'enfant, j'ai connu la défaite :
C'est un récit pénible auquel je me soustrais.
Pourtant je *leur* criais, en battant en retraite :
      Et puis !... après ?

Un soir, il faisait froid... je n'avais pas de pain,
Mais seulement de l'eau dans la cruche de grès.
Ma fillette me dit : — Mon papa !... j'ai bien faim !...
         Et puis !... après ?

Aussi l'adversité peut me frapper sans crainte :
Qu'elle épargne les miens ; mais à la santé près,
Je la giffle de l'œil en lui disant sans plainte :
         Et puis !... après ?

LA-BAS !...

A mon ami le Capitaine DHEURS.

Sous les blés dorés de l'Alsace
Courbés sur les coquelicots
Qui restent là, comme la trace
Du sang versé par nos héros.
Depuis vingt ans des Français dorment
Sans l'abri de notre drapeau ;
A peine si ceux qui s'informent
En passant, lèvent leur chapeau.

Lorsqu'un lourd Teuton se prélasse
Tout près du champ, faisant le beau,
On voit un grand frisson qui passe
Au milieu des fleurs du tombeau.
Comme si dans leur frais pétales
Coulait le sang de nos soldats,
Elles se dressent les Vestales
Qui gardent ceux tombés là-bas !

Et par un sarcasme suprême,
Riant au nez des Allemands,
Sous les plis du drapeau lui-même
Elles abritent nos enfants.
« Tu fourniras le blanc, Marguerite,
« Toi le rouge, Coquelicot,
« Petit Bleuet, arrive vite
« Aux morts apporter ton écot ! »

Alors, frémissant sous l'emblème
De leur Pays, peint par des fleurs,
Dans un formidable anathème,
Les vaincus bravent les vainqueurs :
« — Allons ! creusez vos cimetières
« Pour y mieux cacher nos drapeaux !
« Ils refleuriront sur les pierres
« Dont vous scellerez leurs tombeaux !

. . . .

Un soir d'août, un Moscovite
S'avança près du champ de blé ;
Amicale était sa visite,
Car l'homme s'arrêta, troublé :
En voyant les couleurs de France
Sur nos héros fleurir encor,
Pour leur rendre un peu d'espérance,
Il y joignit des Boutons d'Or !

Un peu de Prose

UN SOIR D'ORAGE

A mon ami le Docteur H. DE LALAUDIE.

Je ne connais pas de plaisir plus grand que de retrouver cinq ou six vieux camarades, — je n'ose dire : amis, par le temps qui court, — et tous assis au coin du feu, de causer du passé ; de cette époque toujours méconnue et pourtant si heureuse, où l'on porte des pantalons trop courts — on grandit si vite ! — des tuniques râpées aux coudes avec des manches trop longues, au bout desquelles émergent des doigts qui rappellent des saucisses mal cuites, et où le triomphe du cigare fumé en public vous procure, un quart d'heure après, ces terribles angoisses dont nous avons tous gardé l'épouvantable souvenir.

Or, il y a huit jours à peine, après un bon dîner de famille, nous évoquions chez mon ami D... nos premières prouesses de jeune homme ou d'adolescent, et nous traitions ce sujet un peu scabreux que je ne puis désigner ici autrement que sous le titre : *De l'effeuillage d'une fleur d'oranger.*

Chacun de nous avait raconté les circonstances poétiques ou grotesques qui avaient provoqué son premier faux-pas ; seul, notre camarade L... n'avait encore rien dit et s'était borné à sourire aux différents récits que nous venions d'entendre.

— Voyons, et toi? lui dit notre hôte, est-ce que tu ne vas pas nous dire comment tu as perdu le droit de concourir à Nanterre?

— Si vous y tenez, je veux bien.

Et notre ami L... nous fit le récit que je vais reproduire fidèlement, en l'atténuant, bien entendu :

— C'était en 186..., Napoléon III était déjà venu se soigner à Vichy, et la nouvelle de son arrivée prochaine avait mis nos campagnes en émoi, et prodigieusement surexcité mon désir habituel de venir passer quelques heures dans notre coquette cité thermale, qui représentait à mes yeux l'idéal du luxe et de la vie joyeuse en ce bas monde.

Mais voilà ! mon père était malade et je venais de me faire flanquer à la porte du lycée, où, depuis cinq ans, je faisais le désespoir de mes pions, dont deux étaient devenus fous, à la suite de l'existence agréable que j'avais su leur créer.

Aussi, j'avais fait mon deuil de l'excursion qui m'aurait rendu si heureux ; et après un mélancolique regard jeté vers le vallon où Vichy s'allonge si gracieusement sur les rives de l'Allier, je m'étais endormi la veille du jour fixé pour l'arrivée de l'Empereur, en rêvant des plumets des chasseurs à pied de la garde, qui sillonnaient le parc à la même heure, et en évoquant le souvenir des jolies petites dames qui faisaient si gentiment sonner leurs hauts talons, en retroussant encore leurs jupes pourtant si courtes, sur l'asphalte de la grande allée, qui était bordée de tilleuls dans ce temps-là, si vous vous en souvenez ?

Je fus réveillé par deux coups frappés violemment à ma porte.

— Allons, debout! paresseux! en route!

— En route! pour où? demandai-je en bondissant sur mon lit.

— Pour Vichy, parbleu! c'est aujourd'hui que l'Empereur arrive!

Et mon oncle Charles fit son entrée dans ma chambre.

— Dépêche-toi! je t'emmène!

— Mais mon père?

— Il va mieux!

— Je ne dis pas, mais..... il permet?

— Mais oui! dépêche-toi! la voiture est en bas!

Plonger ma tête dans une cuvette, me ruer dans mes souliers, me précipiter dans mon pantalon, m'élancer dans mon gilet et dans mon veston, saisir mon chapeau et dégringoler l'escalier, tout cela me prit moins de temps que je n'en mets à vous le raconter.

Dix minutes après, muni des exhortations paternelles et d'une pièce de dix francs, je roulais sur la route de Vichy, dans le coupé de mon oncle, avec Simon, le vieux cocher qui conduisait, et Miette, une belle grosse fille de vingt-deux ans, assise sur le siège à côté de lui.

Vous parlerai-je de notre arrivée, de la voiture laissée chez *Lançois*, de l'autre côté du pont, pour ne pas payer le passage, de ma descente chez mon excellent ami Hubert qui ne m'attendait plus, de notre entrée chez Roubeau, au café-concert de la Gare, où deux places nous étaient réservées à la fenêtre d'une chanteuse qui avait des bontés pour mon ami — ce qui me remplissait d'admiration pour lui, — non, n'est-ce pas, car cela n'a aucun rapport avec le récit que vous me demandez.

J'arriverai donc à l'heure néfaste fixée par mon oncle pour le départ.

— A huit heures, m'avait-il dit, à l'hôtel de l'Europe.

Et à huit heures, après avoir dîné chez mon ami Hubert, j'étais au rendez-vous, exact, mais navré comme on ne l'est pas.

Mon oncle m'attendait, et ce fut en vain que Hubert et moi, nous employâmes toutes les séductions de notre style et de nos flatteries pour obtenir de mon inexorable parent la faveur de passer la soirée à Vichy. Mon ami alla jusqu'à jurer que ma chambre était prête chez lui et que sa mère comptait sur moi pour une sauterie intime où l'on manquait complètement de cavaliers; rien n'y fit, et, le cœur gros, je descendis avec mon oncle la rue du Pont, pour rejoindre la voiture qui nous attendait.

— Je t'en ficherai, des sauteries intimes ! Toi et ton polisson d'Hubert, vous vouliez aller voir les filles au pré Catelan, les chanteuses de chez Roubeau ou de chez Barrier, n'est-ce pas ? c'est du propre !...

— Mais non ! mon oncle, nous voulions...

— Mais oui ! mais oui !... pas ce soir, mon vieux, ni tant que tu seras avec moi, je t'en réponds !

Pendant ce dialogue, nous avions franchi l'Allier, et nous apercevions les lanternes du coupé qui étincelaient dans l'obscurité.

La nuit était sombre, de gros nuages noirs couraient comme des fous devant la brise qui venait de se lever, et les arbres de la route de Gannat se courbaient comme des roseaux sous son souffle puissant.

— Allons, dépêchons-nous, dit mon oncle, nous aurons

de la chance si nous arrivons avant l'orage : en route, Simon, et du train !

Et le coupé partit au grand trot.

Mais nous étions à peine arrivés à Meillard, qu'un éclair déchira la nuit, suivi d'un épouvantable coup de tonnerre ; puis de grosses gouttes commencèrent à tomber lourdement.

— Du train, Simon, du train ! cria l'oncle par la portière.

Et nous prîmes une allure enragée.

Ça alla encore assez bien jusqu'à Charmeilles, mais une fois arrivés au quart de la côte de Terre-Blanche, on aurait dit que le bon Dieu venait d'ouvrir toutes les écluses du ciel ; et là, il n'y avait pas à dire, rien, pas une maison, pas une grange pour nous abriter, et impossible de trotter.

— Cette pauvre Miette va attraper la crève, c'est sûr, dit mon oncle ; oh là ! Simon !..... Oh !... Miette ?

— Monsieur ?

— Vous avez un manteau ?

— Oui, mais il commence à percer !

— N... de D... ! enfin ! descendez, entrez dans le coupé, je prendrai votre place !

— Mais, Monsieur...

— Allez donc ! quand je vous le dis !

Et l'excellent homme s'élança sur le siège, pendant que Miette s'asseyait à côté de moi, et que les chevaux repartaient en allongeant le pas, mais sans pouvoir trotter, tellement la côte est raide en cet endroit.

J'étais resté silencieux dans mon coin ; ma pensée vagabondait dans les rues de Vichy, et j'éprouvais une

sorte de plaisir égoïste en me disant que si je ne m'amusais
pas, les autres ne devaient pas se réjouir beaucoup non
plus.

Mais en réfléchissant, je pensais qu'il ne pleuvait pas
au concert, et que ce devait être une chose charmante que
de fumer des cigarettes, de boire des bocks et d'admirer
les épaules, les bras et autres accessoires des belles chanteuses qui faisaient la quête au concert de la Gare.

J'étais plongé dans ces délectables et navrantes
réflexions, quand un nouvel éclair me coupa la figure, illuminant tout l'intérieur du coupé : à sa lueur rapide j'aperçus
Miette appuyée dans l'autre coin ; il me sembla que je ne
l'avais jamais vue ; ses yeux auxquels je n'avais pas prêté
la moindre attention, me parurent étincelants comme des
diamants noirs, ses lèvres plus fraîches et plus humides
qu'une fraise dans la rosée... et un éclair, tout intime celui-
là, traversa ma pensée : Miette !... mais c'était une femme,
c'était même une jolie femme !... et je me la rappelai toute
entière ; je revis ses robustes mollets souvent aperçus dans
la cour de la ferme, ses hanches puissamment dessinées,
sa poitrine opulente qui se révoltait dans son corsage tendu
à craquer..... Miette... c'était une femme... aussi belle que
les chanteuses... et j'étais seul... seul avec elle ! ..

Un coup de tonnerre éclata à nos oreilles, les vitres
du coupé grelottèrent ; certainement la foudre n'était pas
tombée à vingt mètres de nous.

— Mon Dieu !... Monsieur ! que j'ai peur !...

Une main saisit la mienne ; quelque chose de chaud,
de ferme et de mou à la fois s'abattit sur mon épaule gau-

che, pendant qu'un bras s'accrochait convulsivement à mon cou, et qu'un souffle ardent me brûlait l'oreille.

Miette, terrifiée, s'était jetée sur ma poitrine et me tenait embrassé.

Une anxiété singulière s'était emparée de moi; j'éprouvais une gêne intraduisible, mêlée à quelque chose d'incroyablement doux ; mes tempes battaient avec force, ma figure brûlait, j'avais la gorge sèche, et une inexprimable angoisse me serrait le cœur au point que je ne le sentais plus battre : toute ma virilité naissante semblait s'épanouir sous la rude étreinte de cette belle fille des champs, comme un bourgeon de marronnier gonflé de sève, qui éclate sous les ardentes caresses d'un chaud soleil de printemps.

Et sans savoir ce que je disais, je murmurais d'une voix profonde et basse en rapprochant mes lèvres de son oreille : « N'ayez donc pas peur !... pourquoi donc avez-vous peur ?... » et pour la rassurer sans doute, je serrai sa grosse main un peu rude, pendant que mon bras droit resté libre tombait comme par instinct sur ses genoux que je sentais frissonner sous l'étoffe légère de sa robe.

Nous restâmes ainsi une minute ? dix secondes ? Je ne saurais le dire...

Un nouvel éclair aussi violent que le premier, me montra Miette pendue à mon cou, les lèvres entr'ouvertes et si rapprochées des miennes, que le cahot de la voiture qui nous jeta dans notre premier baiser était peut-être inutile... puis il me sembla que tout tournait autour de moi.. . la foudre éclatait sur nos têtes, les éclairs coupaient la nuit de leurs fulgurantes clartés, me montrant, dans leurs étincelantes lueurs, des lambeaux de grands arbres qui se

17

tordaient dans la nuit, et une pâle figure de femme dont les prunelles se noyaient comme des perles noires dans une jatte de lait, pendant que des lèvres sans cesse inassouvies dévoraient les miennes dans un insatiable baiser... .. ..

. . . .

Puis les éclairs diminuèrent, la foudre s'éloigna, une éclaircie parut dans le ciel, et la lune jeta sa lueur mélanco-lique sur les haies ruisselantes de pluie qui secouaient, avec un bruit de sanglot, les gouttelettes d'eau suspendues à leurs branches grêles.

Tout à coup la voiture s'arrêta, la portière fut violem-ment ouverte, et mon oncle parut en criant :

— Allons! gamin, te voilà chez toi !..... et vous, ma fille, dit-il en s'adressant à Miette, vous êtes cause que je suis dans un bel état !...

Je descendis, ahuri, sans bien savoir si j'étais éveillé ou si je rêvais encore.

— Tiens ! dit mon oncle à mon père qui arrivait suivi d'un domestique portant une lanterne, voici ton garnement de fils que je te ramène, et non sans peine !. . Figure-toi que Monsieur voulait passer la soirée à Vichy pour assister à un bal de famille chez Mme X... ! Je le connais ce bal !... il voulait aller voir les filles ce morveux !... allons, va te coucher, polisson ! tu sais ? ça ne prend pas ces blagues-là avec l'oncle Charles !... Bonsoir !... en route, Simon !...

Et je l'entendis qui criait dans le fracas des roues : « Des filles ! à cet âge ! parole d'honneur, il n'y a plus d'enfants !... »

. . . .

Quand j'eus dit bonsoir à mon père, et que je me trouvai seul dans ma petite chambre, je courus me regarder dans la glace : je trouvai mes yeux si noirs et leur expression si étrange, que je ne pus retenir une grosse larme qui tomba sur mon gilet ; le diable m'emporte si je sais pourquoi, par exemple ! . . . .

. . . .

— Veinard ! conclut le capitaine D..., tu avais toutes les chances ce soir-là... ; vous montiez la côte... au pas !... et c'est le tonnerre qui tenait la chandelle !

DON CÉSAR DE BAZAN A F...

.... J'avais écrit le lundi au chef de la Fanfare de F... :

« Cher Monsieur,

« Pensez-vous qu'un spectacle composé de *Don César*
« *de Bazan*, drame en cinq actes, et de l'*Homme n'est pas*
« *parfait*, comédie en un acte mêlée de couplets, ait chance
« de succès dans votre ville ?

« Si oui, veuillez me répondre par retour ; je ferai
« afficher de suite, et nous jouerons dimanche.

« Cordialement. »

Le surlendemain, je recevais la réponse suivante :

« Cher Monsieur,

« Venez sans crainte, votre affiche est excellente ; il
« n'y a pas de fêtes aux environs, dimanche prochain,
« hâtez-vous donc.

« Bien à vous. »

Le dimanche suivant, le train de trois heures déballait
à F... toute ma petite troupe. Vous savez ce que c'est
qu'une troupe de comédiens en excursion ; vous voyez d'ici
l'air fatal du troisième rôle, avec un grand chapeau mou et
un pardessus sinistre ; la bonne tête du premier comique,
sa face rubiconde soigneusement rasée, coiffée du feutre
rond à petits bords retroussés et vêtu du complet clair —
couleurs gaies ; — la figure respectable du père noble, par-

dessus jadis bleu et tuyau de poële à larges bords arqués ;
la redingote noire et les souliers vernis du jeune premier ;
les moustaches en crocs, le pantalon clair et le veston noir
du premier rôle, chapeau haute forme, bords plats ; le tar-
tau et les anglaises de la duègne ; la robe noire garnie de
dentelles idem à bon marché, du jeune premier rôle femme ;
la toilette rose ou bleue, avec un chapeau blanc, de l'ingé-
nuité ; le nez en pied de marmite et vermillonné du second
comique, grande utilité ; et le pardessus noisette de l'amoureux, jeune débutant, engagé pour tout faire, voire même
pour souffler au besoin, et Dieu sait si ce besoin se fait
souvent sentir !

Donc, le dimanche à trois heures, nous arrivions tous,
la bouche enfarinée par la lettre de notre ami le chef de là
fanfare, et nous nous dirigions vers l'Hôtel (?) où nous
avions l'habitude de descendre, quand je vis arriver un gros
homme tout essoufflé, qui s'élança sur moi en criant :

— Ah ! mon cher Monsieur, je suis désolé, désespéré,
mais j'ai oublié de vous prévenir qu'il y a une grande fête
à C..., à trois kilomètres ! il fait un temps superbe, vous
n'aurez pas un chat !

— Eh bien ! vous êtes encore gentil, vous ! vous m'écri-
vez : venez ! il n'y a pas de fêtes. Je viens, et maintenant...

— Eh bien oui ! J'en suis navré, mais je ne sais où
j'avais la tête quand j'ai écrit cette maudite lettre, j'ai complètement oublié cette satanée fête !

Cette omission de mon correspondant nous flanquait
dans le plus magnifique des pétrins ; malgré des affiches
insensées, sur lesquelles nous annoncions le *Forgeron de
Châteaudun*, de Beauvallet, sous le nom du *Cuirassier de*

Reischoffen, et *La Servante*, sous celui de l'*Empoisonneur du Val Suzon* ; malgré *Charlotte Corday* ou la *Républicaine*, avec la *Marseillaise* et le *Chant du Départ*, par les artistes et les chœurs ???? nous étions dix en tout !... nous n'avions, en raison de la chaleur, je veux et dois le croire, réalisé que de mauvaises recettes ; en sorte que la caisse de la troupe dont, en ma qualité de gérant, j'étais dépositaire, contenait, notre voyage payé — aller — dix-sept francs cinquante-cinq centimes, c'est à dire pas de quoi nous en retourner. Quant à nos porte-monnaie respectifs, ils étaient plus plats qu'un article de M. Ignotus.

Je m'élance au théâtre.

— Bonjour Madame Lampereur ! ça va bien ?

— Merci, très bien, et vous ?

— Il ne s'agit pas de ça ! la location ?

— Ah ! la location ne va pas du tout !

— Mais enfin ?

— Voyez : trois francs soixante-quinze !

Je m'écroulai, anéanti, sur un siège : dans nos plus mauvais jours, à midi, nous avions une centaine de francs ; nous étions donc bien perdus !

— Aussi, me dit Mᵐᵉ Lampereur — Mᵐᵉ Lampereur était la propriétaire du théâtre, fonction qu'elle exerçait de concert avec celles de buraliste et de limonadière — quelle idée de venir ici le jour de la fête de C... !

— Eh ! je n'en savais rien ! votre animal de chef de fanfare m'a dit que je pouvais venir, que le jour était bon ; je l'ai cru, moi !

— Mais, malheureux ! et ça ! vous n'avez pas vu ça !

— Quoi ça ?

— Regardez !

Et de son index tendu, Mme Lampereur me montra,
avec un geste tragique, une superbe baraque de saltimban-
ques, avec des tableaux peints à faire hurler les chiens, et
qui s'étendaient orgueilleusement vis-à-vis la façade du
théâtre ; puis, me saisissant par le poignet, la propriétaire
ajouta d'un ton profondément navré : — « Et c'est plein de
singes qui travaillent !... qui travaillent !... » Elle n'acheva
pas, mais ses cinq doigts réunis sur ses lèvres, envoyèrent
dans la direction de nos rivaux un baiser qui était tout un
poème.

Je m'affalai lourdement sur ma chaise : cette fois, c'était
bien fini ! la Comédie-Française elle-même serait venue
s'installer en face de nous, nous pouvions lutter, nous au-
rions essayé au moins : mais des singes !... que vouliez-
vous que nous fissions contre des singes !...

Il fallait prendre un parti, et je rejoignis piteusement
mes camarades, que je trouvai assis sur leurs malles dans
la cour de l'hôtel, et faisant des têtes !...

— Eh bien ? me demanda anxieusement le troisième
rôle, combien de location ?

— Vous tenez beaucoup à le savoir ?

— Mais... oui !

— Trois-francs-soi-xan-te-quin-ze-cen-ti-mes.

Ah ! mes amis ! si vous aviez entendu cette explosion
de cris et de malédictions ! je n'étais pas bon à jeter aux
chiens.

— Je l'avais bien dit ! déclamait le jeune premier rôle,
qui n'aimait pas à jouer le Roi dans Don César ; cette
pièce ne porte pas ! est-ce qu'on monte Don César en 187. .

même à F... ? Non ! tu sais mon vieux ! tu as voulu te payer
le rôle, mais ça n'est pas drôle pour nous !...

— Mes enfants, reprenait le premier comique, vous
êtes des artistes de drame, bien ; vous faites à votre tête,
soit ; je n'avais qu'à ne pas me fourrer dans votre galère,
tant pis pour moi ! Non, je ne me fâche pas, moi, je ne
crie pas, je ne dis jamais de gros mots, mais je déclare
qu'il faut être un sale cabot, un idiot, pour venir jouer ici
le drame en été ! Ah ! si vous montiez les Crochets du Père
Martin ou l'Aventurière, je ne dis pas ; mais Don César,
c'est de la folie galopante !

— Enfin, pardon Monsieur, sussurrait aigrement la duègne, c'est très joli tout ça, mais la caisse, qu'avons-nous à
la caisse ?

— Oui, reprit le chœur, réglons un peu ce point-là ;
puisque nous ne pouvons pas jouer, liquidons, ça vaut
mieux !

Vous pensez si cette petite scène de famille m'avait
porté sur les nerfs !

— Ah ! vous voulez liquider, mes petits enfants ? eh
bien soit ! liquidons ; voici les comptes arrêtés avant-hier ;
défalcation faite des voyages, il reste 17 fr. 55, comme
vous pouvez le voir ; et comme vous êtes bien gentils, bien
charmants avec moi, et que je ne veux pas rester en retard
de politesse avec vous, je m'adjuge ce reliquat, je porte
ma malle à la gare, et j'ai bien l'honneur de vous saluer !

Et joignant le geste à la parole, je saisis ma malle et
me disposais à partir, laissant toute la troupe atterrée,
quand j'aperçus la tête du chef de fanfare qui venait mélancoliquement nous exprimer de nouveau ses regrets.

Une idée me traversa le cerveau, et je laissai retomber ma valise.

— Ecoutez, dis-je, en m'adressant à mes camarades consternés, il y a peut-être un moyen de nous sauver tous.

— Lequel ? hurla le chœur.

— C'est mon affaire ! faites ponctuellement ce que je vais vous dire ; obéissez, ne me questionnez pas, je réponds de la recette !

— Hélas ! articula tristement le père noble, si seulement tu répondais du diner ?

Soit ! j'en réponds ! et, joignant dix francs aux 17 fr. 55 de la caisse, je les montrai à mon auditoire en lui disant :
— Est-ce convenu ? vous allez faire ce que je vais vous commander, sans murmures et sans explications ?

— Mais...

— Ah ! c'est comme ça ! Si vous obéissez, vous dinez ; si vous rechignez, du flan !

— Ce serait toujours ça ! répondit le troisième rôle, qui avait le petit mot pour rire.

Enfin, il fut juré qu'on exécuterait aveuglément mes instructions.

— Eh bien ! leur dis-je, allez vous habiller !

— Hein ?

— Allez vous habiller, tout de suite, comme si vous deviez entrer en scène dans une heure !

— Mais...

— Allez donc !

Il faut croire que j'avais l'air d'avoir une grande idée, car tout mon monde disparut dans l'hôtel, les hommes portant galamment les malles des dames.

Resté seul avec le chef de fanfare, auteur de nos malheurs, je lui dis nettement : « Mon cher Monsieur, vous nous avez mis dans le pétrin, il faut nous aider à en sortir ! »

— Mais je ne demande pas mieux ; que puis-je faire ?

— Je vais vous le dire, Avez-vous quelques musiciens sous la main ?

— Il y en a beaucoup à cette s... fête ; mais enfin j'en trouverai bien une dizaine.

— C'est suffisant ! tâchez surtout de m'avoir des cuivres, trombones, pistons, si vous avez un bombardon, nous sommes sauvés !

— Mais...

— Allez vite, et dès que vous aurez réuni votre monde, revenez ici avec lui.

— Bien, je n'y comprends rien, mais...

— Vous n'avez pas besoin de comprendre !

Le musicien partit, et je me dépêchai de revêtir mon costume du premier acte de Don César.

Une heure après, toute la troupe, prête à entrer en scène, était attablée autour d'un énorme morceau de veau aux pommes de terre, et les plaisanteries allaient bon train, la querelle étant complètement oubliée, avec cette insouciance qui est le propre des gens de théâtre, et qui leur est du reste indispensable dans leur métier.

Le repas tirait à sa fin, quand le chef de la fanfare revint en me disant : « J'ai quinze artistes, rien que des cuivres ! »

— Très bien ! faites entrer ces Messieurs.

On introduisit les musiciens, qui restèrent un peu

ébahis, comme leur chef du reste, en se trouvant nez à nez avec des seigneurs et des dames en costumes espagnols du xviiᵉ siècle.

— Messieurs, leur dis-je, tous les artistes sont frères ; une erreur de votre aimable directeur nous met dans le plus grand embarras ; il faut que vous nous aidiez à en sortir ! Nous allons faire abnégation de notre dignité pendant quelques minutes, mais il n'y a pas de sot métier, n'est-ce pas, Messieurs ? Nous allons donc, ces dames, ces messieurs et moi, monter sur et dans l'omnibus de l'hôtel, que j'ai frété pour cette circonstance ; entourés par vous, au son de vos fanfares, nous allons faire le tour de la ville, et je suis assuré que, étant donné votre précieux concours et les marques de sympathie que le public nous a prodiguées jusqu'à ce jour, nous réaliserons ce soir une recette colossale !

— Est-ce dit ?

La troupe et les musiciens s'étaient levés comme un seul homme, et, toutes les mains tendues vers moi, l'assemblée répondit par ses bravos et ses acclamations. (Je constate ce succès avec un manque absolu de modestie, mais je ne suis pas forcé d'en avoir, n'est-ce pas ?)

Après une formidable tournée de chopes et de petits verres de genièvre — ça coûte deux sous le verre dans le pays — l'omnibus fut avancé ; toute la troupe y prit place, les hommes sur l'impériale, les dames à l'intérieur pour jeter des programmes à la foule, et les musiciens ayant marqué le pas, nous débouchâmes dans la grand'rue sur un *allegro* militaire d'une telle puissance, que tout ce qui restait à F... d'hommes, de femmes et d'enfants sortit croyant à une révolution, et se mit à suivre la voiture, qui, après

une demi-heure de promenade, arriva place du théâtre, sui-
vie de quinze cents personnes — au moins.

Les camarades rayonnaient ; la duègne, complètement
radoucie, avait trouvé moyen de m'embrasser dans l'oreille,
en me disant : « Tu es notre sauveur ! » et, moi-même, je
croyais avoir eu un trait de génie, quand voilà-t-il pas qu'à
la vue du cortège que nous précédions, le satané homme
aux singes de la baraque, se précipite sur son *théâtre* et se
met à sonner une cloche !

Ah ! mes enfants ! il n'avait pas fini, qu'une nuée de
macaques envahit les tréteaux, se livrant à une série de
gambades toutes plus extravagantes les unes que les
autres !

La troupe — la mienne — me regarde atterrée ; j'étais
découragé !

— Mes amis, répondis-je à cette muette mais éloquente
interrogation, nous sommes f...lambés ! Qu'est-ce que
vous voulez ? le diable s'en mêle ! Tenez, regardez ! Toi,
mon vieux, qui joues les comiques, peux-tu faire une grimace pareille à celle de ce chimpanzé ? non ; et vous, la
jeune première, êtes-vous capable de marcher sur les mains
comme ce ouistiti ? non plus ! et vous, la mère noble, avez-
vous assez poussé vos études dramatiques pour vous
pendre par la queue comme cet orang-outang ? non ? eh
bien, ni moi non plus ! par conséquent plions bagage et
demandons à la Mairie de nous rapatrier, c'est ce que nous
avons de mieux à faire... de mieux à faire ?... Eh bien ! non!
m'écriai-je d'une voix retentissante, il ne sera pas dit que,
bien que nous descendions des singes, d'après M. Littré,

nous leur aurons cédé ! Non ! mille fois non ! cela ne sera pas !.....

D'un bond, je m'élançai sur le perron du théâtre, et rappelant d'un geste le public qui commençait à se diriger vers nos redoutables concurrents, je lui hurlai, dominant la musique endiablée de l'homme aux singes, le speech sui-vant, que la perspective de coucher à la belle étoile pouvait seule m'inspirer :

« Mesdames et Messieurs !!!

« Voici longtemps que vous nous connaissez, et il ne « nous appartient pas de faire notre éloge ; mais ce serait « faire injure à la noble et intelligente population de F..., « que de la croire capable de renoncer à une distraction « littéraire, pour aller applaudir les tours de vils saltim-« banques !

« Cependant, Mesdames et Messieurs, comme nous « désirons vous donner un échantillon de notre savoir-« faire, que vous avez si bien apprécié dans les représen-« tations précédentes, nous allons avoir l'honneur de repré-« senter, devant vous, sur le perron du théâtre, le premier « acte de Don César de Bazan, la célèbre, l'inimitable, « l'incomparable pièce du grand Dennery ! »

— En scène pour le premier !

Et prenant par le bras mes camarades ahuris, je pousse la jeune première, le jeune premier rôle et le troisième rôle sur le perron, et nous commençons : Vive la Maritana ! etc.. etc.

Machinalement, ils jouent les premières scènes ; arrive mon entrée ; je la fais avec toutes les traditions de Frédéric même celle de la vespasienne, et, m'arrêtant sur ce gros effet :

« Mesdames et Messieurs !

« Vous voyez maintenant quel chef-d'œuvre vous pou-
« vez entendre ! Que ceux qui veulent en connaître la suite
« passent aux bureaux ! — Aux bureaux ! Mesdames et Mes-
« sieurs ! Aux bureaux ! et dans un quart d'heure, au rideau ! »

. . . .

Et le soir, à minuit, nous partagions fraternellement 725 francs de bénéfice, tous frais payés ! La duègne me faisait un œil, mais un œil ! ah ! je crois bien que si j'avais voulu..... mais je vous jure que je n'ai pas voulu.

LE PENET AUTOMATIQUE

A mon ami Charles Vianne.

Dans une pauvre boutique sombre, située sur la place d'une ville voisine, vous pouvez voir, mélancoliquement assis dans un grand fauteuil de cuir éraillé, un petit homme au front déjà chauve, à la paupière tombant sur un œil glauque qu'un rare éclair vient parfois frapper d'un rayon rapide quand ils se fixent sur une immense paire de ciseaux pendus à la muraille.

Alors les narines du petit homme, fortement soudées au visage — signe évident d'une nature passionnée — se dilatent, les lèvres lippues s'entrouvrent sous un sourire empreint d'une profonde tristesse, et la barbe en pointe de bouc se redresse vers le ciel dans une lamentable protestation de ses soies poivre et sel : puis un long soupir s'échappe de la poitrine oppressée du rêveur qui laisse tomber dans une main aux ongles en deuil, sa tête appesantie, et qui murmure dans un immense accablement de tout son être :

— Et pourtant, il se lève !...

Tel Galilée répétait autrefois :

— Et pourtant !... elle tourne !...

Quelle catastrophe s'est donc abattue sur cet homme ? Quelle amère désillusion a traversé sa vie ? Quelles tortures morales a-t-il bien pu subir pour en arriver à ce degré d'anéantissement moral et physique ?..... vous allez le savoir.

Joseph Dupétard, c'est le nom de notre héros, avait

18

pratiqué dès sa plus tendre jeunesse, la noble profession de chemisier.

Doué d'une vive intelligence il étudiait son art avec passion, et dans les rêves enfiévrés de son imagination vagabonde, il voyait défiler des quantités innombrables de cols insensés et de plastrons idéals.

A l'âge où les jeunes gens aiment à promener sous les grands arbres leurs premières amours et leurs fraîches illusions pendant les belles nuits d'été, Joseph s'accoudait pensif au bord de sa fenêtre ; et l'œil perdu dans l'espace, il cherchait de nouvelles combinaisons pour établir d'une façon pratique et peu coûteuse, cet indispensable vêtement que nous nommons prosaïquement une chemise.

Il avait découvert le col inusable, le col incassable, le col insalissable, droit, rabattu, cassé, toutes les variétés étaient écloses dans ce cerveau qui devait être tapissé d'un morceau de cretonne recouvert d'une pièce de toile de Hollande.

Malheureusement, toutes ces belles inventions, qui auraient pu faire la fortune d'un autre, avaient tout doucement conduit Joseph Dupétard à deux doigts de la dèche.

Après avoir mal réussi dans des entreprises personnelles, il avait dû se résoudre à représenter des maisons de Paris, qui s'étaient, un beau jour, trouvées dans la nécessité de se priver de ses services, en raison de la coupe fantaisiste de notre chemisier par trop artiste, qui envoyait à ses clients des cols extraordinaires et des manchettes inénarrables.

Au moment où commence cette véridique histoire, Joseph était solitaire et pensif dans le petit magasin dont il a été parlé plus haut : il ruminait dans son vaste cerveau un projet de col à ressort, qui, sous la simple pression du doigt devait quitter l'encolure et tomber aux pieds de son heureux propriétaire.

L'inventeur de ce perfectionnement rédigeait déjà le prospectus qui devait initier ses concitoyens à cette grande découverte.

C'était conçu dans ce goût-là :

« A l'époque où le temps est véritablement de l'argent,
« dans ce siècle de vapeur et d'électricité, où chaque minute
« peut être une fortune qu'on néglige d'acquérir, il devait
« venir à l'esprit du philosophe et du penseur de chercher
« les moyens de procurer à tous une économie de temps,
« et par conséquent, d'argent.

« Qui de vous, Messieurs, n'a pas souvent maugréé
« contre les difficultés que l'on éprouve à retirer son col de
« chemise ?

« Qui de vous n'a pesté dans son for intérieur, en
« arrachant le bouton qui le fixe sur la nuque ?

« Qui de vous, enfin, dans un doux tête-à-tête, n'a pas
« regretté de ne pouvoir, sans contorsions, retirer ce
« gênant mais indispensable accessoire de la toilette mas-
« culine ?

« Grâce au système que nous allons vous expliquer,
« ces inconvénients n'existeront plus : en pressant un
« simple ressort, le col saute, et.....

Un violent coup de pied lancé dans la porte du magasin, fit bondir l'improvisateur qui se retourna.

Un homme, un client peut-être, était debout derrière la vitre.

S'élancer à la porte, l'ouvrir, s'incliner le sourire aux lèvres, avec un : « Donnez-vous donc la peine d'entrer, Monsieur ! » parti du cœur, tout cela fut pour Joseph l'affaire d'un instant,

— Monsieur, dit le client, je voudrais des chemises.

— Tout à vos ordres, Monsieur : que désirez-vous ? de la cretonne ? de la toile ? cols droits ? rabattus ? manchettes...

— Hélas ! Monsieur, dit tristement le visiteur, ne me proposez pas cet ornement qui me serait bien inutile...

— Comment ?

— Voyez !

Et le Monsieur d'un brusque mouvement fit tomber son pardessus, et montra à Joseph ahuri deux superbes moignons : le client était manchot des deux bras.

— Diable ! dit Joseph, voilà qui simplifie singulièrement les choses ! vos chemises, Monsieur, vous coûteront bien moins cher qu'aux autres personnes, moins favorisées que vous ; sans compter que vous devez réaliser une véritable économie de blanchissage..... Mais voyons, que vais-je vous offrir ? de la toile blanche, de couleur ?

— Monsieur, répondit le client, je me marie dans quinze jours ; je désire une superbe chemise pour ce jour solennel ; seulement, vous devez comprendre que vu mon infirmité, il me faut un vêtement spécial : je sais que vous êtes un véritable artiste — Joseph salua — et c'est pour cela que j'ai recours à vos lumières.

— Je ne comprends pas très bien, articula Joseph.

— C'est pourtant bien simple, comme vous pouvez le voir ; je remplace tant bien que mal mes mains absentes

par ces appareils en fer qui forment crochets ; cela est
très bien pour le jour : avec un peu d'habitude, j'arrive,
sans le secours de personne, à suffire à tous mes besoins.
Malheureusement, la nuit je ne puis garder ces instru-
ments qui me fatiguent horriblement, je dois vous l'avouer.
De plus, pour une nuit de noce, vous comprenez ?

— C'est juste, répondit Joseph, vous ne voulez pas
que Madame soit à vos crochets : c'est un noble sentiment,
mais cela ne m'explique pas en quoi je puis vous être
agréable ?

— Je vais vous le dire. Il faut que vous me fassiez une
superbe chemise, ça, c'est indispensable, seulement vous
tiendrez les pans, les penets, comme on dit dans ce pays,
excessivement courts : de cette façon, je n'aurai pas à les
relever..... Enfin, vous m'entendez bien ?

— Oh ! parfait ! très bien ! vous désirez une sorte de
chemise coupée sur la longueur d'un gilet de flanelle ?

— Vous y êtes ! de cette façon, je me déshabille dans
une pièce voisine de la chambre de ma femme, je quitte mes
appareils, et pour peu que Cupidon me conduise...

— C'est compris !... Je vais vous prendre mesure et
je ne vous dis que ça !

Déjà Joseph saisissait, d'une main experte et sûre, le
mètre classique, quand tout à coup il bondit comme s'il
avait touché une pile électrique.

— Ah ! mon Dieu !...

— Qu'avez-vous donc ?

— Ah ! mon Dieu !

— Mais enfin ?...

— Chut ! taisez-vous ! taisez-vous ! Ça bouillonne !...

18

— Oh ! mon génie ! Contiens-toi !..... Contiens-toi !.....
Monsieur ! avez-vous confiance en moi ?

— Mais...

— Ah ! répondez ! avez-vous confiance en moi ?

— Cependant...

— Vous m'avez dit tout à l'heure que j'étais un artiste !
Oui, Monsieur ! J'en suis un ! et vous en aurez la preuve
irréfutable !

— Enfin...

— Comment, Monsieur ! vous voulez que je vous fasse
une chemise aussi courte qu'un gilet de flanelle ! mais la
sainte pudeur, Monsieur ! qu'est-ce que vous en faites de
la sainte pudeur ? Comment ! vous entreriez dans la chambre
de cette vierge pudique qui va devenir votre compagne et
la mère de vos enfants dans cette répugnante tenue ?
Comment ! vous vous présenteriez devant cet ange comme
un Faune, comme un Satyre, ivre de lascivité !... Ah ! Monsieur ! voilez-vous la face de vos deux mains !... Non !...
Vous n'en avez pas !... mais rougissez, Monsieur, et écoutez-moi !...

Je ne veux pas ! entendez-vous bien, je ne veux pas !
qu'un homme chemisé par moi soit indécent ou ridicule !...

— Mais enfin ! Monsieur !

— Votre chemise aura des pans, Monsieur, elle aura
des penets ! comme vous dites ; je vous aurai sauvé du ridicule, et j'aurai fait ma fortune !

— Pourtant....

— Dans huit jours, à trois heures de l'après-midi... je
réponds de tout !... Mais de grâce, ne me troublez pas !...
J'ai besoin de réfléchir et de rester seul avec mes pensées !...

Et d'un geste royal, Joseph indiqua à son client qu'il pouvait se retirer.

Complètement subjugué et abruti, le Monsieur sortit en murmurant :

— Bien Monsieur ! dans huit jours je reviendrai !...

Resté seul, Joseph se laissa tomber sur le fauteuil vert et pendant deux heures il resta immobile, l'œil fixé sur le pied de la table. Tout à coup, il se releva, l'œil étincelant et illuminé d'un éclair de génie, il s'écria : « Ευρεκα! moi aussi, j'ai trouvé !... »

Pendant huit jours, on ne le vit nulle part ; de temps à autre, il allait chez un bonnetier puis chez un serrurier, et rentrait précipitamment dans sa maison dont il verrouillait la porte avec un soin méticuleux.

Enfin, le jour fixé arriva ; au fond du petit magasin, une toile verte était tendue : de temps à autre, Joseph jetait sur elle un regard ému et tendre.

A trois heures, l'homme aux crochets frappait, anxieux, à la porte de l'heureux inventeur et entrait dans le sanctuaire.

— Eh bien ?

— Regardez !

La tenture s'écarta : derrière, sur un mannequin, une magnifique chemise avec deux superbes penets, s'étalait dans sa blancheur immaculée !

— Mais comment faire pour....

— Silence ! incrédule ! essayez et vous verrez !

En un tour de main, Joseph avait débarrassé le client de son pardessus ; d'une main fébrile, il lui retirait ses vêtements, et deux minutes après, la chemise s'arrondissait

chastement autour du corps de l'heureux futur, qu'elle en-
veloppait jusqu'au-dessous du genou.

— Mais à présent, murmura-t-il, que faire ?

— Ecoutez-moi ; appuyez fortement votre moignon
contre vos pectoraux : vous y êtes ?

— Oui !

— Bien ! allez !

Le Monsieur s'exécuta : ô prodige ! mû par un ressort
habilement dissimulé, le penet de devant se leva lentement,
et vint s'appliquer sur l'abdomen de son heureux propriétaire.

— Ah ! Monsieur ! Monsieur! Comment vous exprimer
ma reconnaissance ?

— Silence ! appuyez fortement le moignon gauche !

Et le penet de derrière se releva non moins régulièrement que celui de devant, et vint prendre le dos du futur
qui, dans cette tenue, ressemblait vaguement à un Sand-
wich.

— Ah ! mon cher maître ! vous me sauvez plus que la
vie, vous me sauvez l'honneur !... comment m'acquitter jamais...

— C'est bien ! nous règlerons cela le lendemain de
votre mariage !

— Ah ! croyez-le !... notre première visite sera pour
vous !... Je veux que mon épouse reconnaissante...

— Chut !!!... allez ! et soyez heureux !...

. . . .

Joseph Dupétard assista au mariage de son client ; dissimulé derrière un des piliers de l'église, il contemplait les
époux d'un œil attendri : « C'est pourtant à moi, se disait-

il, que ces braves gens doivent leur bonheur ! » et une douce larme humectait sa paupière.

Pour la première fois depuis huit jours, il retourna à son café, n'ayant pas voulu, par excès de discrétion, accepter l'invitation au dîner de noce que son nouveau client lui avait faite.

A minuit Joseph rentra chez lui, il se déshabilla et s'endormit de ce sommeil calme et paisible de l'homme tranquille avec sa conscience.

. . . .

Un épouvantable tapage le réveilla : sa porte tremblait sous une avalanche de coups de pied à faire crouler la maison.

Effaré, il se mit à la fenêtre :

— Qui est là ?

— Moi !

— Qui vous ?

— Votre client !

— Quel client ?

— Celui qui s'est marié ce matin !

— Eh ! grand Dieu, qu'y a-t-il ?

— Ouvrez-moi de suite ! il le faut !

— Je descends !

Et Joseph, en chemise, se précipita vers le magasin et ouvrit la porte au visiteur nocturne, qui entra comme une trombe en hurlant :

— Misérable ! vous m'avez déshonoré ! vous m'avez trompé !... ma femme m'intente une action en divorce ! oh ! je vous tuerai !. .

Et il brandissait sur la tête du chemisier ahuri, ses redoutables crochets.

Joseph bondit sur la banque où il taillait sa marchandise, et se sentant plus en sûreté, sollicita d'une voix émue
quelques explications.

Après avoir ragé pendant un bon quart d'heure, le marié consentit enfin à lui faire le récit suivant :

— Vous savez ce qui a été convenu : je devais me dés-
habiller dans une chambre voisine, retirer mes appareils et
venir trouver ma femme !

— Oui ! et bien ?

— Eh bien ! je me déshabille, en effet, j'entre dans la
chambre nuptiale ; je m'approche de ma femme que j'em-
brasse tendrement, et après quelques minutes d'un doux
entretien, je me dispose à prendre place près d'elle ; mais
réfléchissant qu'une fois couché le drap empêchera le penet
de fonctionner, je me lève du lit sur lequel j'étais assis ; je
me retourne, montrant par conséquent le dos à mon aimée
et pressant le ressort, je murmure d'une voix suave : « Oh !
mon amour ! tu vas voir comme je sais aimer ! »

.   .   .   .

Un cri d'horreur me répond ; malédiction ! dans mon
trouble, je m'étais trompé de côté ! Au lieu de presser à
droite, j'avais pressé à gauche, et le penet de derrière se
relevant, je venais de montrer à ma chaste épouse ce que
le plus vulgaire respect des convenances m'empêche de
nommer.

Affolé, je me retourne :

— Mais, ma chérie !...

— N'approchez pas, Monsieur, vous êtes un monstre !
Oh ! ma mère !...

Crise, sanglots, hurlements ; ma belle-mère accourt ; je
veux faire retomber le penet : impossible! Je m'accule contre le lit pour dissimuler mon effroyable situation. Pendant
ce temps, deux tantes, attirées par le bruit, tâchent de
calmer ma femme, en proie à une crise de nerfs ; on s'explique : ma femme raconte tout.

— Monsieur, vous êtes un misérable, me dit mon beau-
père que tout ce tapage a réveillé ; vous êtes un drôle ! sortez de cette chambre ou vous n'auriez jamais dû entrer !

— Ah ! mais, dites donc, vous !

— Sortez ! vous dis-je.

Et il me poussa vers la porte.

— Quelle horreur ! hurlent toutes les femmes en voyant
votre satané penet que je n'avais pu rebaisser.

Mon beau-père exaspéré me prend par ce qui me reste
de bras droit pour me faire sortir ; je résiste, j'appuie sur
le ressort : v'lan ! voilà le penet de devant qui se lève ma-
jestueusement, me laissant exposé, nu jusqu'à la ceinture,
aux regards de ma nouvelle famille, qui n'a rien eu de
plus pressé que de me faire habiller et me flanquer à la porte.

Voilà Monsieur où votre superbe invention du penet
automatique m'a conduit !... mais ça ne se passera pas
comme ça, Monsieur ! nous plaiderons et...

— Et vous perdrez, Monsieur ! répliqua Joseph, d'une
voix profondément navrée : mais qu'est cela ? vous, vous
perdez votre femme, vous perdrez votre procès : moi je
perds le fruit de mes longues veilles et de mes combinai-

sons depuis dix ans ! Allez Monsieur, je tombe de plus haut que vous !...

Et, d'une main tremblante, il déchira en mille morceaux une carte-réclame sur laquelle il avait calligraphié :

JOSEPH DUPÉTARD
Inventeur
DU PENET AUTOMATIQUE
Breveté S. G. D. G.

puis il se laissa tomber, avec un long sanglot, sur une chaise qui gémit sous son poids.

. . . .

Et voilà pourquoi vous pourriez voir, dans une ville voisine, mélancoliquement assis dans un grand fauteuil de cuir vert éraillé, un petit homme au front déjà chauve, à la paupière tombant sur un œil glauque, qu'un rare éclair vient parfois frapper d'un rayon rapide, quand il se fixe sur une immense paire de ciseaux pendus à la muraille.

UNE VIEILLE BOUTEILLE

J'ai trouvé l'autre jour, dans un coin de ma cave, une bouteille tellement couverte de poussière, qu'il en était résulté une sorte de croûte la recouvrant presqu'entièrement ; les toiles d'araignées qui depuis de longues années s'étaient attachées à elle, pendaient tout autour, et faisaient une barbe de burgrave à cette antique bouteille dont j'avais vu jadis disparaître les très rares sœurs dans les grandes solennités de famille.

« Allons ! disait alors mon père, je vais vous faire boire « quelque chose d'unique ; il n'en reste plus guère, mais « je ne trouverai jamais une plus belle occasion qu'aujour- « d'hui ! »

Et il allait chercher lui-même, et rapportait avec des précautions infinies une bouteille, qu'il déposait gravement sur la table en disant : « C'est du vin de paille de 1811, l'an- « née de la comète ! j'en ai encore sept ou huit, mais j'en « garderai trois : une pour arroser la première épaulette de « ce garnement, une pour son mariage, et la dernière pour « le baptême de mon petit-fils ! »

Et son grand œil bleu, un peu dur d'habitude, se voilait d'une singulière tendresse quand il se fixait sur moi en prononçant ces mots.

J'avais alors quinze ans, et tout en respectant les idées

20

de mon père, je voulais bien consentir à boire la première bouteille à la santé de mon épaulette de Sous-Lieutenant, mais je trouvais l'usage des deux autres absolument déplacé et déplorable, étant l'ennemi déclaré du mariage et des mar-mots.

Les événements devaient disposer à leur guise, de ces trois bouteilles, dont mon père parlait avec d'autant plus de respect, que, un an après, c'était les seules qui lui fussent restées.

Flanqué à la porte du Lycée Napoléon où je préparais — vous l'entendez Seigneur ! — où j'étais censé préparer mon exar.. n de Saint-Cyr, je prenais la résolution de débarrasser ma famille de ma présence, et je partais en qualité de novice à bord d'un bâtiment de la maison Bosc, de Marseille, *La Foi,* à destination de Buenos-Ayres.

La veille de mon départ, mon père qui avait réuni quelques amis, disparut au dessert, et revint portant une des « *trois dernières* ».

Je fus ému, je l'avoue, de cette renonciation muette à des espérances caressées depuis longtemps avec l'entêtement d'un vieux soldat.

Le sacrifice de cette bouteille, c'était celui de cette épaulette que l'affection paternelle rêvait depuis si longtemps de voir sur mon épaule.

« Allons ! mon garçon, me dit mon père, avec une « gaieté un peu triste, à ta santé ! tu ne seras jamais Sous-« Lieutenant ! mais tu peux devenir Enseigne... à titre « auxiliaire, ajouta-t-il entre ses dents. »

Le temps passa, et en fait d'enseigne, je ne connus

jamais que celle d'une célèbre coiffeuse de cette bonne ville
de Vichy, que, de concert avec quelques vieux camarades,
nous décrochions régulièrement deux ou trois fois chaque
hiver, pour la pendre religieusement à la porte d'une autre
célébrité, masculine cette fois, mais non moins connue
dans notre cité.

Nous poussions la délicatesse jusqu'à opérer le trans-
port de l'enseigne de cette dernière à la place de la première, et nous assistions béatement, le lendemain, à
l'échange des deux tableaux, ce qui avait le don de mettre
dans une fureur énorme les deux propriétaires qui, ne pouvant s'en prendre à personne, en étaient réduits, pour calmer
leurs nerfs, à se prendre de bec... et je ne vous dis que ça !

. . . .

Enfin, la seconde bouteille fut débouchée en 71, après
la guerre : l'épaulette n'était pas encore venue, mais la
bonne moitié du chemin était faite, et ce fut sans arrière-
pensée de tristesse cette fois, que mon brave homme de
père me dit, en versant la dernière goutte dans mon verre :

— Ma foi tant pis, garçon ! la troisième sera pour la
naissance du petit... ou de la petite !...

Hélas ! des trois souhaits du vieux père, aucun ne
devait se réaliser !

Les événements d'une vie orageuse m'ont fait sortir
de la route que l'affection paternelle m'avait tracée, et le
père est parti, sans avoir pu porter la santé de son petit enfant avec le vieux vin de paille de l'année 1811...

. . . .

Aussi quand j'ai trouvé par hasard dans un coin de ma

cave, cette vénérable bouteille, sauvée par miracle des chocs de cinq ou six déménagements, j'ai senti quelque chose qui me serrait la gorge, et cette espèce de chaleur qui vous brûle les paupières dans les grandes émotions.

Je revoyais l'énergique figure du père, sa grande taille, ses robustes épaules, son œil bleu qui plongeait si hardiment et si loyalement dans le regard des autres, et je l'entendais me dire encore avec sa bonne voix affectueuse :

— Allons, garçon ! ce sera pour la naissance du petit !...

Quand tout à coup, une voix fraîche et pure, me cria avec son mignon timbre enfantin :

— Eh bien! papa ! tu ne viens donc pas ? tu vas t'enrhumer dans la cave !...

Je recouchai doucement la vieille bouteille dans son lit de sable, et je remontai tout rêveur.

En haut, Mademoiselle Bébé m'attendait en trépignant:

— Comment ! c'est tout ce que tu rapportes?

Je pris l'enfant dans mes bras, et l'embrassant sur ses boucles blondes, je l'assis sur sa grande chaise, et nous nous mîmes à table.

— Dis donc, maman, papa il est resté bien longtemps à la cave, et il n'a rien rapporté ; pourquoi ?

— Parce que, ma chérie, j'ai trouvé quelque chose que je garde pour plus tard.

— Pour quand?

— Pour le jour de ton mariage !...

L'enfant me fixa de ses grands yeux étonnés, et moi je regardai le Père, qui avait l'air de sourire, dans son grand cadre de bois doré.

ERRATA

Page 83, 2ᵉ strophe, lire: *Et de les voir s'y griller peu à peu ?*
— 98, Sonnet XII, lire: *Tous se reconnaissant dans ces profils divers..*
— 150, Hamlet, lire: *Eh ben ! de sa vieill' mèr' ! Natol' était l'soutien*
— 151, Hamlet, lire: *Jamais il aurait cru que sa mèr' fut si rosse ;*
— 155, Carmen, lire: *Oh ! la, la, la, la !... ma grand' sœur !...*
— 157, lire: *le cœur tout plein de flamme,*
— 163, lire: *C'est qu'mon pauv' chat n'a mêm' pus d'mou...*
— 178, 3ᵉ strophe, lire: *Ah ! ce n'était pas grand ! etc.*
— 211, 2ᵉ strophe, lire: *C'est ell' ! je l'ai vu' bien des fois.*
— 215, 2ᵉ strophe, lire: *Leurs frais pétales,*
— — 3ᵉ strophe, lire: *Tu fournis le blanc, Marguerite...*
— 116, lire: *Et j'laiss'rais brûler les gratins !*
— 154, lire: *Pourtant, Nanuch', c'est un' larpiaude*
— — lire: *Enfin, y a pas ! c'lle grand' nigaude.*
— 188, lire: *Déd'quoi ?... Moi !... faut qu'j'aill' prendre un bain ?...*

ALL RIGHT!

Tintez, maintenant mes Grelots !
Allez où le hasard vous pousse ;
Sonnez dans les bois, sur la mousse
Et dans les prés, chantez Grelots !

Carillonnez, ô mes Grelots !
Sans crainte qu'on vous éclabousse,
Car sur votre airain tout s'émousse,
Même les langues, mes Grelots !

Le soir, dénouant sa ceinture,
Si quelque belle à mes Grelots
Disait : « Vous me plaisez, Grelots ? »

Excités par cette aventure,
Tâchez donc que ma signature
Lui reste au cœur, ô mes Grelots !...

Louis Lasteyras.

TABLE DES MATIÈRES

VICHY, IMP. C. BOUGAREL, RUE SORNIN